star-forest books

星空森林 出品

晚安也是早安

亦凡 —— 著

时代出版传媒股份有限公司
安徽文艺出版社

图书在版编目（CIP）数据

晚安也是早安/亦凡著.—合肥：安徽文艺出版社,2023.1
ISBN 978-7-5396-7500-8

Ⅰ.①晚… Ⅱ.①亦… Ⅲ.①散文集－中国当代 Ⅳ.①I267

中国版本图书馆 CIP 数据核字(2022)第 118775 号

WAN'AN YE SHI ZAO'AN

出 版 人：姚 巍	特约策划：孙广宇
责任编辑：张妍妍 柯 谐	装帧设计：古 凡

出版发行：安徽文艺出版社　　www.awpub.com
地　　址：合肥市翡翠路 1118 号　　邮政编码：230071
营 销 部：(0551)63533889
印　　制：安徽新华印刷股份有限公司　　(0551)65859551

开本：787×1092　1/32　印张：10.75　字数：160 千字
版次：2023 年 1 月第 1 版
印次：2023 年 1 月第 1 次印刷
定价：68.00 元

(如发现印装质量问题，影响阅读，请与出版社联系调换)

版权所有，侵权必究

目录

一生之物 开篇

冬 天

11__01 脏街

16__02 我们都老了

24__03 爸爸,咱们回家了

32__04 好啊,我们出去玩

39__05 包子的狂欢

46__06 非洲草原上等待猎物的狮子孤独吗

52__07 我能给你的就是这些了

58__08 每个人都是超级大骗子

春天

71_01 最爱的北京的某些时刻

75_02 打卤面与麻豆腐

89_03 麦扣

102_04 和妈妈,也和自己道歉

115_05 活得更久和活得高质量,你想要哪样

122_06 医生是不会乱揍人的

139_07 给X的情书

150_08 如果明天是"世界末日"

夏天

173_01 现在,就让我们一起听首歌吧

182_02 激情的平衡

196_03 我的爸爸是处女座

210_04 观礼

221_05 忽然很想文身

228_06 当家中有两个水瓶座

242_07 一天

252_结语 我为什么要写作

对话，探寻，亦是倾诉

264_鸡汤都是有感而发的，是每个人都可以"熬"的

272_调整好心态，认清人生就是这么多的苦和难

278_天下的父母都一样

284_那天天气特别特别好……

291_每天孩子睡着以后，就是我治愈自己的时间

299_我们总会找到药

305_可我就是理想主义

312_无论如何，我们要为了孩子拼一把

318_艺术家是一台用身心面对各种现实问题的处理器

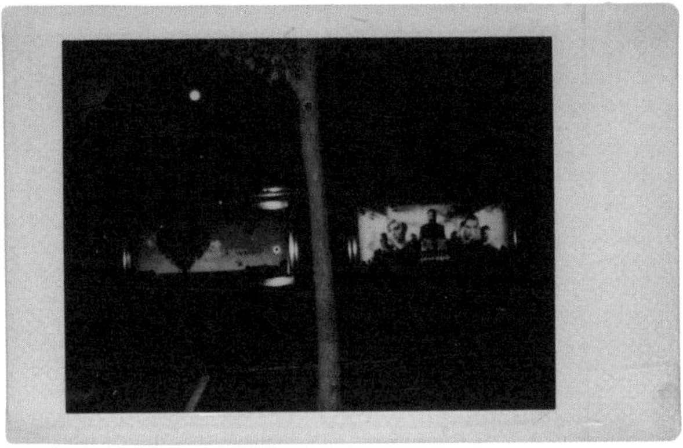

一生之物 开篇

听到请应答。

爸爸去世已经一年多了。

他的实木拐杖靠在我的卧室一角，离床很近。只要我在家，每天睡前都会看见它。

床头放了一盏小夜灯，爸爸说："手边要有灯，起夜的时候不至于摔跤。"我很少起夜，却总是惊醒，有时一晚三四次。微弱的光使我确认我在现实中，而不是在梦里。然后，逐渐地恢复平静。

爸爸的离世让我看清楚很多事，其中一件是哭是有很多种的，另一件是整理遗物不是一件轻松事。

一个储物盒摆在我的衣柜里，藤条的那种。我本打算用它装爸爸的遗物，但我放弃了。家里的每一处都有他的东西。

家具都是爸爸选的，妈妈夸他的品位好，选得也耐用。二十世纪五十年代出生的人不怕花钱，更在意性价比。

家里装修时，爸爸特意给我的卧室留了摆放落地镜的空间，他是一个爱美的人，出门前总要照照镜子，站得一会儿近，一会儿远。这一点，我随了他。

爸爸喜好收纳，除了各式柜子，床和沙发的软垫下面都可以储物。妈妈说："除了被子那些，都是一些邮票之类的，你爸喜欢。但那些包装袋儿，留着有什么用？"转天，妈妈就和我说，"给我找个包装袋，我要装东西。"这一点，我和妈妈做得都不如爸爸细致，要向他学习。

爸爸的衣柜里，妈妈留了三四件衣服。一件是他们新婚不久，妈妈买给爸爸的羊绒大衣，它看着挺贵的，但款式有些老。妈妈说："你爸年轻时长得显老。老了，倒显得年轻了，这几年穿着这件儿挺合适。"我送给他的那两件短袖POLO衫，他常穿，领口有点儿卷了。还有一套他舍不得穿的大牌西服。它们都是清一色的藏蓝色，爸爸说这颜色看着质朴又有质感。

我的衣柜里挂着按季节分类的衣服，从薄到厚，颜色从暗色到亮色。爸爸说这样打理衣物会节省搭配服饰的时间。实践证明这样做是高效的。

他的老花镜被我翻出来的有三只，分别在客厅、卧室和汽车里，它们被我收进了书柜的抽屉里。

它们用不上了，但都是念想。

客厅里，他的东西更多了。最显眼的是爸爸六十大寿时妈妈送给他的礼物。那幅绣有"八骏奔腾，马到成功"的八骏图十字绣，是妈妈一针一线、花了一年多的时间完成的。妈妈说："绣得都快成对眼儿了。"

爸爸属马，他也喜欢马。他的微信头像是一匹汗血宝马的照片，那是他和妈妈在新疆旅行时拍的。小时候我就听他说："马和狗狗一样，都是人类的好朋友。"

他们的结婚照也一直挂着，现如今只有三颗钉子突兀地留在墙上，我知道，妈妈看了太难受。但她和我提起不止四五次："你爸悄咪咪地把它制作好，给了我一个惊喜。——你们年轻人怎么说，浪漫？"

他有一个黑色的旅行包，上面挂着一把小铜锁。我手握钥匙，不知要不要打开。妈妈的意思是，里面可能装着小秘密，要么别打开了。但它还是被我们打开了。里面有爸爸这一生获得的证书和各种证件。在他的团员证里塞了一张妈妈年轻时的一英寸照片。我问妈妈："入团，也太久远了吧。那会儿您们认识吗？"妈妈戴上老花镜，边瞧边笑着说："谁知道你爸咋想的，怎么也得把我装进党员证里啊。"

我发现了三个纸箱，两个稍大的箱子里装着爸爸收藏的一些书。每本书都包着书皮儿，页都黄了。我怕碰坏了，小心翼翼地从中取了一本，一看，是人民文学出版社出版的1974年第一次印刷的《红楼梦》，定价3.45元。

另一个小些的箱子里装着他的相册，大多是黑白的相片。我把他的移动硬盘也放了进去。那是他一生去过的地方，经历的种种值得纪念的。但爸爸自己的照片不多，他更喜欢做一个摄影师。

酒柜里是爸爸收藏的酒和各地的旅行产品。抽屉里是他没来得及抽的烟。爸爸的酒量不太行，喝二两白酒就有些发晕。但他的烟龄很长，足有四十年。他偶尔在家里抽烟，那时，我和妈妈便一起挤对他，"太惨了，在家里还要吸二手烟""就是的，个别人就是不顾及他人的健康"。

洗漱台的牙缸里装着两种牙膏，爸爸说："我和你妈喜欢用一款，你喜欢用另一款，各用各的，不打架。"他拥有共处的智慧。淋浴间的马桶左侧是窗台，那上面总要摆放一卷新的卫生纸，爸爸说："需要用的时候，不能没有。"

家里的大事小情，他总是想得周全。

爸爸是一个愿意尝试新鲜事物的人，做饭也如是。厨房里的那台空气炸锅占了一些空间，妈妈有些嫌它碍事儿。刚收到它时，爸爸迫不及待地给我们烤白薯，问我们："好吃吗？瓤儿软糯吗？"妈妈吃得可开心了。

冰箱的冷冻室里总是放着一兜儿饺子，那种买来的现成的速冻饺子虽省事儿，但馅儿再足，个头再大，也不如自家里包的香。茴香猪肉的、韭菜鸡蛋的，荤的、素的，我们变着花样地包。但由于爸爸吃海鲜过敏，家里不包大虾馅儿的。爸爸说："不知道吃什么的时候，就吃饺子。"我们一家子都爱吃饺子，总也吃不腻。

厨房的窗户外安着防护栏，上边也可以储物。一个大瓷缸放在上面，爸爸走了以后，妈妈再也没用它腌过咸鸭蛋。

爸爸的手机被妈妈收了起来，具体放在了哪里，我没有问。他在世时，我和妈妈看过两次他的手机。一次是爸爸让我给他阅读他收到的信息，另一次是爸爸让妈妈把他在微信里的零钱转给她，说不要浪费。我们一看，余额15.80元。

……

爸爸的遗物真是多啊，我是他最宝贝儿的那一件。

他对我说了许多遗言，而他也把许多话咽进了肚子里。

我常常告诉自己不要对生命情感过分地探究，那会让我的病情加重。爸爸，我也病了。谁不会生病呢？尤其，您的女儿是那么不愿示弱，又是那么敏感。

从小，我就喜欢望天，有时是数星星，有时是找太阳。您走了以后，我总找您，您看到了吗？

记忆、时间、梦……如果听到，请应答。

2020年8月16日

冬 天

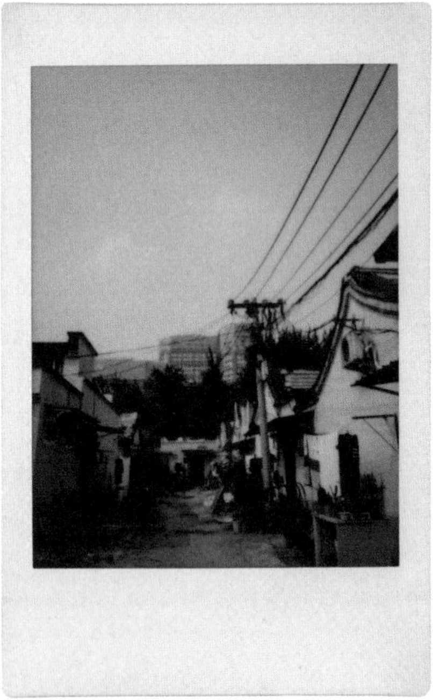

01
脏街

那条街，它会伤心吗？

爸爸一定还记得十多年前总带我去吃饭的地方。

三里屯西五街拐角的川菜馆子，我上一次去吃，还是两年前了。

面条在漂着葱花和肉酱的红油里总是显得那么清爽。我把碗挪近身子，打着圈儿地把陈醋匀着倒进碗里。筷子挑起面条，掂一掂，酸辣味在空气中散发开来，蹿进鼻腔里。要不是面条及时堵住了我的嘴，口水怕是要流成柱。

"我爸最喜欢吃这儿的担担面了。"我吸溜了三口面条，摇了摇头，"不是当年的味道啦。"

挺神的，怎么就单凭舌头触碰食物的那一两下子就判断出味道的变化了？我落下筷子，看着眼前这份将要被我浪费掉的美食，不禁感慨起来，我这究竟吃的是什么？有人为了吃上一口熟悉的味道，恨不能穿越半个北京城；有人因为那味道变了，即使饭馆就开在自家门口，也不愿走百来步去光顾；而也有人愿意去吃变了味的食物——那时候，吃什么已经不重要了，最要紧的是咀嚼的每一口都是在守候着一份念想。

我举起筷子，脑袋埋进碗里，身子热乎了起来。筷子一落，我哈着气，双手举到胸前扇起了风。纸巾上满是红油，我接连喝光了两杯加了冰块的柠檬水，体内燃起的火气总算是被浇灭了。我望着窗外，常有一家人从树影下走过。

临出门，我向经理问询，果真，换厨子了，第六感得到了验证。忽来的饱腹感使我决定去遛弯儿。在北京办事，好像一正经起来，惬意劲儿就少了些，焦虑感冒上了头。而遛弯儿，虽不怎么正经，倒是很安逸。

* * *

从西五街溜达到我最喜欢的"脏街"——连接太古里南区和北区的街道，长约二百米。2005年起，商人们在四十二号院的东朝向的民房"底商"开起了各式各样的店铺，文身店、酒吧、裁缝店、服饰店、餐馆、美甲店、唱片店，趣味十足，只一年时间，它就成为京城潮流人士放松的好去处。

小吃摊在黄昏时分挤在了街边。天色一黑，空气中飘着食物的混杂味道。汽车从3·3大厦地下停车场驶出时，必经此处。喇叭一响，年轻人们递来白眼无数——谁愿意吃吃喝喝的时候被打扰呢？虽着急，但司机们无一不摇下车窗，嘴巴撇着，耐着性子道："劳驾，劳驾，过一下儿。"右脚点着刹车片，花费两根烟的工夫，车子开到一百五十米开外的街上。

冬天，穿短裙的漂亮姑娘挽着男朋友的胳膊，哆里哆嗦地站在小吃摊前等着麻辣烫出锅。热气腾起，伸出袖口的冰凉小手热了起来。夏天，戴着鸭舌帽的年轻人，一只脚踩着滑板，一只手插兜，另一只手举着一瓶冰啤酒，和友人嬉笑。

情人节的夜幕中，小姑娘抱着被透明塑料纸包裹的单枝红玫瑰，挡在慢行的男士们身前，追问着要不要买枝花送给心上人。没有风雪的夜晚，老爷爷贩卖系在细长塑料棍上的粉色桃心、金色星星、印着米老鼠和Hello Kitty的彩色气球。

狭小的餐馆里，老板的一声声"哟，没座儿了，您得等会儿"，提醒着大快朵颐的食客时间紧迫。而当酒足饭饱的人们在隔壁唱片店伸长了脖子在货架上寻找原版DVD，弯腰在牛皮纸箱里翻找唱片时，背景音乐模糊了时间。

站在酒吧门口热情拉客的伙计像是一台录音机，重复播放着"美女、帅哥，进里面喝一杯"。面容姣好，穿着时髦的年轻人好像都有一颗吃了多少"脏摊儿"、喝了多少种酒都不至于拉肚子的铁胃。

凌晨四五点钟，早点摊的一笼笼蒸屉被白胖胖的小包子充满，男男女女晃晃悠悠地走在大街上，招拦出租车。酒后闹事的倒是少有，毕竟，派出所紧挨着四十二号院的南门。

"这里迟早会被拆的。"身为公务员的爸爸在七八年前便预测了这里的命运。

"不行！凭什么拆啊？"我嚷嚷起来，"都拆了，我们去哪儿啊？"

我们出于习惯而去同一个地方，好像其他的地方离家再近，也是远的，其他的街道再美，也是缺少一些情感的。这里要是被拆了，日常的好去处岂不就是被"谋杀"了？我们声嘶力竭地高喊"凭什么"，幻想它们会因为听到我们的呐喊而避免被拆的命运。

然而当那些店铺关了时,我们又接受了命运的安排。当那些在过去被我们定义为"别处"的地方成为此时的好去处时,我们是否会再一次幻想,一辈子的时间都能安放在那家熟悉的店,那条熟悉的街。

不知从什么时候起,我们总是忍不住渴望"一辈子"的童话,是不是只有当我们老了,那些店铺还在,那些人还在,我们流下的眼泪才是炙热的?——那儿有我们的回忆啊!

夏天,我在院儿里的银杏树下躲避灼热的阳光,相比金黄色的落叶,我更喜欢青绿色的树叶。当眼里铺满了清凉,心也静了下来。就在我和妈妈一人啃完一个久保桃的时候,电视新闻里报道三里屯西五街和北小街的违建房屋被拆得干干净净。

睡去,醒来,鲜活的时光消磨成回不去的历史。

脏街消失了,它会伤心吗?还是会为现如今的整洁而感到开心?对我们而言,什么才是长长久久的?记忆吗?当我们想念那条脏脏的街时,是否记得它是从2017年开始被拆的?

02

我们都老了

让他睡，让他睡。

妈妈问我二伏想吃什么面。

爸爸最爱吃炸酱面，我的口味随了他。除了面条，汤汤水水的也是我们爱吃的。入口即下肚，牙齿免去了磕磕碰碰，这种轻松的吃法让我觉得安逸。我也爱吃酸甜味道的零食，只要见了山楂制成的卷、片、糕、汁，便全然不顾及牙齿的感受，任由它们被酸倒。但要说零食里最喜欢的，那必须是北京稻香村的点心。

种类繁多的苏式点心，因为重糖重油而深得北方人的喜爱，自打清末在京城开了第一家门店，便直接抓住了老百姓的胃。红火的年头久了，稻香村就成为一家"老字号"。日常，买三五种点心当零食；逢年过节时，拎一盒红色的点心匣子拜访长辈，那是再合适不过了。

在对红包还没有产生迷恋，穿着棉袄棉裤的童年时期，我对春节最大的盼头就是点心匣子。

那时的我跪在红色皱皮面儿的折叠椅上，在满是哈气的玻璃上乱画，画一只长长耳朵的小兔子，再画一棵高高的树。爷爷提着匣子把它放到核桃木纹的四方桌上，我猛地一回头，拍起手掌，"爷爷、爷爷"地叫，双手撑在桌上，抬起屁股，身子先是一转，再是一跪，准备开吃。

我一边吞咽口水，一边摩擦双手，双手的大拇指和食指捏住捆在匣子上的红色粗绳以水平角度轻且缓地拉开。即便是搁现在，拆多贵重的礼物也没那般优雅——我永远都不知道打开匣子的时候，会有哪些点心成为惊喜。要说我最喜欢吃哪一种，必须是外皮酥脆、椒盐馅儿的牛舌饼了，它什么都好，就是容易掉渣儿；吃得着急了，有些噎嗓子，所以吃的时候最好再配一杯热茶，茉莉花的。

每次去门市店，我都要买爸爸爱吃的枣花酥和桃酥，自己爱吃的牛舌饼自然也是要买七八块的。要不是担心多吃会发胖，我的肚皮铁定见天儿地被点心塞圆。妈妈就对点心提不起兴致。她最常买回来的是一家人都爱吃的素什锦和鹌鹑蛋。蒜肠和松仁小肚是她的最爱，医生叮嘱的"饮食要少油、少盐、少腌制"全被抛诸脑后了。

平常日子里，瞅着排了六七个人的队伍就感慨"怎么这么多人"的食客，那是真没见识过春节的场面——都是来买点心匣子的，甭管您是谁，都得移步到长龙的队尾——"咦，队尾跟哪儿呢？"伸长脖子一瞅，二十人开外喽。

至于说往匣子里装哪些点心，大可不必纠结。把预算和必须要买的告诉柜台里的服务员，人家就全给搭配好了。从将各式点心一一称重，到食客交完钱拎走匣子，五分钟足够了。只是服务员手脚再麻利，也架不住食客太多。店里暖气足，食客手里攥着手套，三三两两地攀谈，"要不是我们家老太太爱吃，我跟这儿耗着呢！""谁说不是！一到过年就天天排队，得吃完元宵才算是过了年哪。""我说大爷，您排了半个钟头的队，就买半斤山楂锅盔、两块萨其马啊？"

佝偻着背的老爷爷慢悠悠地把零钱收进他黑色的羽绒服兜里，戴上手套，说："不过节，这都不买，我跟我家那位吃不动啦。"

大家纷纷给老爷爷让道:"您过节好啊!"

老爷爷抬起手,扶正那顶起了毛球的藏蓝色毛帽子。他挥挥手,留下一句:"过年好!"

正月的气候寒冷且干燥,点心能放得久,就顺理成章地成为"春节流通礼物"。自家留下一盒充当茶点,其余的那些红盒子落到了谁家,是完全不被介怀的。

当我和小伙伴相约谈事,好像只有在装潢高档的场所里,用银制的小叉子将精致且贵的小甜点送进嘴里,事情才能谈成。然而,一切下午茶在稻香村点心面前全都黯然失色。这么多年,甭管吃的是谁买的,谁送来家的,我都一副与其初次见面的模样,在匣子里寻宝。

嘴凑近手心,伸出舌头舔着牛舌饼的渣儿。妈妈见我一副贪吃的模样,便笑话我:"又折腾胃,不怕胖了啊?"我振振有词道:"不能浪费粮食啊!"

* * *

自我记事起,北京一直在变化,今儿这里拆,明儿那里建,城市建设从没停过。

去看望奶奶的时候,我特意选了会经过老房子的老路。

临出门,我走进厨房,蹲在妈妈身边:"初五那天,我爸没上桌吃饭,奶奶肯定看出点儿什么了。"

坐在小木凳上择韭菜的妈妈,头没抬起:"当妈的都能感觉得到。"

"她要是知道儿子走了,肯定受不了。"

妈妈瞅了我一眼,叮嘱道:"所以先不说。"

奶奶生于二十世纪三十年代,个子约莫一米五,十分瘦小。奶奶极爱干净,身上的衣物总是带着肥皂的香味,满头的银发从来都被她用头油梳得没有一根乱发翘着。只要是她生活过的地方,桌面从不见浮尘,毛巾也从不皱巴巴地搭在架子上。尤其是被褥,总被叠得跟标兵整理过似的。

人上了岁数,心脏和脑血管等方面的疾病就成了常见的老年病。年过八十的奶奶虽患有心脏病,但无论是站还是坐着,腰杆儿从来都挺得直直的。步子虽走得越发缓慢了,但只要还能自己扶着栏杆上、下楼梯,她就不要别人搀扶。

奶奶生养了三个孩子,爸爸是在她背上长大的大儿子,自小就没让奶奶操过心。孩子越懂事,当父母的越是疼爱。爸爸病了以后,我们每周去探望奶奶的计划被搁置了。奶奶嘴上没抱怨什么,但心里一定打起了鼓——一定是发生了什么事情,不然怎么都不来看我了?

谁也不愿将忧愁报给年迈的长辈。大家默契地选择了沉默。于是,她听到的实言仅仅是:"他腿疼,医生说得在家里养着。"

但总不能让当妈的见不到孩子,尤其还是最后一面。那就安排在春节见面吧——全家人热热闹闹地吃顿团圆饭。见不着孩子的时候,父母的心总是七上八下的。可见到孩子不如意的样子,心就更乱了。

年三十,奶奶看着她从前身强力壮的孩子如今拄着拐杖从卧室步履艰难地走出来,眉头皱成了一团。年夜饭,坐在奶奶右侧的爸爸一直在躲避着奶奶的目光。大家都看得出来爸爸在强撑,他在给晚辈发了红包,与大家碰了酒杯,吃了几口饭之后就坐不住了。奶奶见他没看晚会也没张罗打麻将,反常地早早离席,便对爸爸嘱咐道:"你要好好瞧病。"

为了让爸爸怀有希望,经过他的默许,奶奶来我们家吃"破五"的饺子。然而这一天,爸爸没能起床。

我在卧室,陪在爸爸的身边。一家人都在客厅里,奶奶几次轻轻地推开卧室的门,从门缝往里瞧。我站起身的时候，奶奶朝我摆手，轻声道："让他睡，让他睡。"随即，门被她轻轻地关上。

爸爸根本没有睡。

他一直背朝房门，装出一副睡着的样子。

我汇报情况："奶奶关门了。"

爸爸闭着眼睛，"嗯"了一声。

我拉开房门，奶奶直挺挺地坐在门外的椅子上，像是在守门。她噌地站起身，握住我的胳膊，只一瞬间，她的眼眶就湿润了。

"我进去看看他。"她说。

我搀扶着奶奶，将房门推开。奶奶盯着爸爸的后背。这位老人终于坐在了她宝贝儿子的正对面。她上身前倾，手肘抵在大腿上，双手来回摩擦，皱着眉头，看了爸爸很久很久。当爸爸还是婴儿的时候，奶奶是不是也这样看过他？

爸爸咳嗽了一声，他睁开眼睛，叫了一声——妈。

我的心，碎了。这一声饱含了多少不舍和不得已而为之的隐忍呢？时间停在此刻该多好……

母子俩望着阳台的窗户，沉默了很久很久。

人在痛苦的时候，常常出于本能喊爸唤妈。爸爸的那一声呼唤之后,省略了多少话呢?他一定有很多话想说吧。但,说什么呢?或者,这样静静地坐在一起就好。

"你要好好配合治疗,别讳疾忌医。"奶奶打破沉默。

爸爸嘴上应着"好",但他始终看向窗外,重复地说着:"没事儿,没事儿,我没事儿。"

"你扶奶奶出去休息吧。"这个理由,很恰当。我知道,他的身体和他的心都撑不住了。

"照顾你爸。"奶奶拉起我的手,"好好给他治。"

我再次用力点头。

奶奶站起身,摸着爸爸的后背:"你多睡觉,多吃饭,听到了没?"

爸爸也用力点头,但他仍没有看奶奶。

爸爸以此和他亲爱的妈妈做一场永远的告别。

记忆中的那一天,午后的阳光挺足,而我们都老了。

03
爸爸,咱们回家了

像是行驶在一架可以穿越时空的"任意桥"上。

我将死亡证明、户口本和所有证件一一装进书包里,书包被我的胳膊紧紧地夹着,我低着头,快步从办理手续的门诊楼穿过一条长廊,朝住院楼走去。迎面撞上了一个人,抬眼一看,是爸爸的主治医师。

"叔叔,我爸爸,他走了。"

"什么时候?"

"下午快两点的时候。"

他抿住嘴,轻声说:"节哀。"

是啊。

黑色的面包车，车门敞开着。堂哥将准备上车的我揽入怀中。当我被用力地抱住，时间静止了，我的腿软了。我用了好大的力气抬起左手，轻拍他的后背。我不知说什么，也不想说话。

一场春雨将地面铺了一条粉色花瓣编织的长毯，柳树轻摇着冒出了新芽的枝丫。

我的身体朝左一倒，抱住盖着黑色绒布的黑棺。那里面，躺着我的爸爸。他平静地躺着，再也不会痛苦了。

我和司机说："师傅，劳驾一会儿走青年路。"

站在车外的三叔敲了敲车窗，脑袋探近，嘱咐道："闺女，车别停，你也别开窗户，经过就可以了。"

我点点头，车门被三叔重重地关上。透过车窗，我从三叔的脸上看到了深不见底的悲痛。对他来说，失去长兄和失去父亲没有两样。

老家门前的路还没有完全修好，地上有很多凸出来的井盖，要是爸爸坐在我开的车上，肯定要念叨起来："不要着急，开慢点儿。"

我对司机说了同样的话，车子缓慢地从老家门前驶过。

我对爸爸说："您看，老房子还在呢。"

然而送走爸爸不过才一个多月，老家门前的路就被拓宽了。我把车停在路边，只能看到临时搭建起的维修布墙和正在墙内工作的大吊车。当我重启汽车从老家门前驶过时，我像是行驶在一架可以穿越时空的"任意桥"上。

十年前，爷爷一走，爸爸和他的两个弟弟便决定将年岁渐高的奶奶带在身边，以方便照顾。奶奶体力尚好的时候，每天都要回老家开窗通风，扫扫屋，擦擦桌。我已经忘记自己上一次回老家是什么时候了，那幅摆在立柜上的桃木相框许久不被我注视。老照片拼盘似的夹在里面，那张在长城拍摄的全家照，爷爷的头发乌黑，留着露耳短发的我看上去像一个假小子。

我很久没有回老家了："爸，今儿咱回家了。"

* * *

我喜欢我的老家，它有一个正方形的院子，两间正房居院子的南侧，一间偏房居其西侧。推开老家的大门，那条宽约两米、长约五米、直通正方形院子的过道，总被我跑得扬起尘土。

我的儿童时光大多在老家度过，也最喜欢在这儿过春节。春节一到，我穿着花布面的棉袄跑在爷爷的身前，双手的手指把捧着的春联夹得紧紧的，生怕西北风把薄薄的红纸吹破了。爷爷很是清瘦，纤细的腰肢令女人好生羡慕。他笑起来的时候，眼睛眯成一条蛾眉月。走起路来，总是不慌不忙，好像这天下没有什么事情是能让他着急的。

爷爷一只手握着刷子，另一只手握着装了糨糊的塑料瓶和一块抹布。我像一只肥兔子在红色的大门外蹦蹦跳跳地看爷爷慢悠悠地擦拭大门，白抹布成了灰布。

"爷爷，快点儿，快点儿嘛！"我迫不及待地想把春联张贴到门上。那时，我就可以揪住爷爷的衣角，让他把漂亮的纸灯笼拿给我玩。

砌在东墙的水池子最被我喜爱。夏天的时候，跑脏了的脚丫和小胳膊小腿儿往水柱下一伸，自来水浇在身上的清凉劲，就和吃了冰镇的大西瓜似的。当阳光从被拔光了草的院子里悄没声儿地溜走时，我坐在小马扎上，吸溜着添了陈醋的麻酱凉面，解腻又消暑。冬天的时候，前一天要是没拧紧水龙头，搁一宿，出水口就结了剔透的冰锥。它的命运注定是在"嘎巴"一声响后离开水龙头，再被我冻得冰凉的小手丢进水池中，融化成水只是时间问题。

爸爸妈妈结婚时，宽敞的正房成了他们的婚房。铁青色洗手架上，那个盆底印着大红牡丹的搪瓷脸盆，现在仍在为我们的生活提供服务，我心想：一用又是许多年，它是不是都可以做我的嫁妆了？

老家的家具里，我最喜欢的是收纳点心和烟酒糖茶的组合柜了。大清早，奶奶刚举着鸡毛掸子开始做家务，我就溜到柜子前，肉乎乎的小手将玻璃门推开，偷点心吃。吃点心哪有不掉渣儿的？奶奶手持"毛绒武器"朝我走来："这孩子又吃得哪儿哪儿都是，打你哟。"我的手往嘴上一抹，躲到爷爷的身后，朝奶奶吐舌头："就会吓唬人。"

有着胖胖身材的电视机将爷爷的写字台霸占了。每当我缠着爷爷要他打开上了锁的抽屉时，他就会把电视打开。当我看电视入了迷，便不再好奇抽屉里藏了哪些宝物。

爷爷削了一个苹果递给我。我的双眼离不开屏幕，抬起手推开了苹果。

爷爷说："吃苹果会变漂亮哟。"

我一听，双手赶紧握住爷爷的手腕，张开了嘴。爷爷的手一松开，我像是一只叼着果仁的小松鼠。

煤炉，是住平房的家家户户都有的。在我的心里，没吃过炉沿儿烤过的白薯等于枉过童年。把湿皱皱的白薯往炉沿儿上一放，果皮的水分慢慢渗出，经炉子一烤，发出"滋、滋"的声音，等白薯温热些了，就把它滚动到另一面儿，如此滚动四五次，外皮变成了棕褐色。将其掰开，橘红色的果肉水灵灵的，凑近一闻，甭提多香，下嘴一咬，甭提多软糯。

自我们一家三口从奶奶家搬走，爷爷奶奶就搬回了"孩子的婚房"。二老住过的另一间正房，就变成了厨房和我洗澡的地方。

奶奶烧了两壶热水，脱得光光的我双手抱胸，坐进能伸直双腿的红色大水盆中，当我的身体被调好热度的温水浸湿时，奶奶开始帮我洗澡。每次加热水的时候，我都站起身，奶奶举着暖壶，沿着水盆的边儿往里续热水。奶奶往我的前胸后背涂满香皂泡沫，我变成了一块"奶油蛋糕"。我的眼睛眯成一条缝，两只小手揉一揉头发，再摊开手掌擦拭肌肤。

我调皮地往奶奶的脸蛋上抹一把泡沫，她抬起胳膊躲避的样子像一个玩躲猫猫的孩子，把我逗得"咯咯"笑。我一会儿双手抱胸，一会儿张开手臂，任由一条热得有些发烫的毛巾在身上擦来抹去。当奶奶举着一个水斗将舀起的温水从我的脑袋浇下去的时候，她为了把藏在我胳肢窝里的泡沫冲洗干净，伸手挠我的痒痒，我被挠得"嘎嘎"笑，在水盆里跺起了脚，水花四溅。

穿上干净衣裳的我，头发还没干透就跑去追着爷爷要他带我出门玩。

爷爷把装了茶杯的黑色皮包往车筐里放好，再用他的胳膊把我抱起，往他的永久二八自行车的大梁上一放，我的双手扶住车把，爷爷蹬起了车，我抬起胳膊欢呼起来："走喽，玩儿去喽！"

我们从河沟北侧的土路朝东走的途中，爷爷对我说："你爸小时候，一到夏天就在这条河里游泳。"

我捏着鼻子，说："它都被游臭啦！"

我们一起哈哈地笑。

河沟的北侧有住户，而它的南侧长满了野草、牵牛花和黄色的小野菊。傍晚，我在那里摘了狗尾巴草，编了两只兔耳朵带回家。

为了通更宽的路，老家门前的树都被砍了，长在土地里的野草和野花也都没了，而我的老家也要被拆了。

北京的路，越来越宽，按规划种植的植被越来越多。只是，谁能知晓在这规整的大都市里，何处仍有野草从边缘磨损的石砖缝间野蛮生长出来？哪块空地仍有许多蜻蜓在雨前低飞而过？

04

好啊,我们出去玩

一高兴,给忘了!

"我想出去看看雪。"爸爸的脖子伸长,像长颈鹿,朝窗外的雪景望去,"又下雪了,好兆头。"

赏雪也是令人心情愉悦的事。但我对爸爸的身体状态有些拿不稳,心想,午休时间,值班的医生会批准吗?怕是有难度。不过就出去一会儿,应该不打紧的吧?

爸爸见我举棋不定,他便像一个和大人讨求糖果的小孩子一样对我说:"就一小会儿。"

"走!"我要实现爸爸的这一心愿。

给爸爸换衣服,我们已经配合得十分默契。

"做好准备了吗?"我站在轮椅后,拍拍爸爸的双肩。

爸爸提高音量,大臂一挥——走!

不允许探视的午休时段,病人大多在拉上窗帘的病房里打盹儿。宽敞的走廊极为安静,难得的安逸时刻。

北方的冬天,从早刮到晚的西北风使肌肤干燥又粗糙,不得不给身体擦许多润肤油以减轻不适感。为了减少上呼吸道感染的概率,又不得不喝下许多热水,将自己变成一只热水缸。雾霾袭来时,好似活在灰暗的"牢笼"之中,那时,我又开始渴望刺骨的寒风将雾霾吹散。

但只要下了雪,冬天的缺点便值得忽略。纷飞的雪花就像一群情场浪子在狂欢,他们对美人说一句动听的情话,再给予一个深情的拥抱,美人的心在柔情中融化。

经历了春的撩拨、夏的激情和秋的肃杀,我对冬天更加珍视——雪那么圣洁、纯真。如果我能如雪一般活一场,该多美好呢。

鹅毛大雪的狂欢结束之后,云层就像舞台上的帷幕,慢慢地拉开。太阳登场,尽情地舞蹈。冬日的阳光,温暖、强烈,我们的眼睛弯成了月牙。空气仍是冷的,双手缩在袖口里。安睡在温暖的口腔中的舌头,不时地探出它的小脑袋,湿润嘴唇。

北海公园里，雪在白茫茫的湖面上闪动着它灵动的眼睛。在暖阳的照射下，冰雪的消融已经开始。沿河堤生长的柳树，在一片白茫茫中摇摆着枝丫，像是在召唤着春天。

"如果痛苦连同冰雪一起融化，该多好呢？"我又开始做"白日梦"。

我问爸爸："冷不冷？"

爸爸摇摇头，轻声地说："去街上看看。"

那是一种小心翼翼的争取。

"好呀！"我回应得十分爽快。当我推着轮椅朝街上走时，我仿佛看到爸爸正打着赤脚，站在阳光下，高声诵读海子的诗歌——你来人间一趟，你要看看太阳，和你的心上人，一起走在街上，了解她，也要了解太阳。

太阳在远方了解着我们，爸爸也了解自己还有多少时日。

当爸爸走在街上，他是否追忆似水年华？阳光中的他，是在与自己和这个世界做一场静默的告别，还是再道一声"你好"呢？

我是了解的，和爸爸在一起的时光越来越少。但那也是美好的——迟暮之年的爸爸，有爱人和孩子陪伴。我也为能陪爸爸走过他的最后一程而感到幸福。

雪后的空气清新,风却有些大,但口罩、帽子、裹得严实的衣服都没有藏住爸爸内心的欣喜。带爸爸出去玩儿,再累,再忐忑,也是十分值得的。走到街上,不到一千米的距离,推着轮椅的我像是在川藏线走了五十千米一般。

爸爸朝我摆手,让我往他的羽绒服内兜儿里瞅。

"您可真行啊!"我凑近了一看,惊呼起来,"怎么还揣着烟呢?"

爸爸将拉锁一提,脑袋仰起,悄悄说道:"你小点儿声,可不能被发现。"

病人不该抽烟。我想,已经这种时候了,就随他的心意吧。如果抽烟能使他放松些,何乐而不为?

哼起了歌的爸爸像春游的小孩儿一样。

"你累不累?"爸爸问道。

"不累!"我曲着膝,上身前倾着推着轮椅,"您要是累了,咱们就回去。"

"我不累。"

我心想,怎么会不累呢——这老头儿,和我一样,贪玩儿。

当我们在医院大门外的文津街驻足时,爸爸告诉我:"那是中南海。"

我应了一声。

许久没有这样驻足了。眼前的车流,时而快,时而慢,时而停。

"这儿以前是北京图书馆,现在怕是不对外了,那会儿你爷爷带我来这里借过书。"当我们左转弯,朝北海公园走时,爸爸一副导游的模样,"差不多三四十年前?"

过去多少年,记忆也会在某一时刻被唤醒。

绛红色的大门紧闭。少年时的爸爸来过这里,它的庭院是否一如往昔?是否也种着在春分时节盛开的玉兰花和桃花?

当我们穿过拥挤的人群,北海公园离我们越来越近。

"真是美啊!"隔着护栏,爸爸痴痴地望着白塔,过了好一会儿,他掏出手机拍照,"哎呀,肯定都照虚了。"

爸爸的手抖得厉害。但即便照片是模糊的,它们也都记录了我们曾走过的地方。

爸爸是一个爱旅行的人,国内外的许多地方他都去过。这在将"行万里路"视为人生一大美事的我眼里,可谓是——这辈子值了。

爸爸向来不愿意随团，那在他看来，不是着急忙慌地走马观花，就是不停地购物，实在有失旅行的乐趣。他十分喜欢自驾，这满足了他对自由的向往——累了，就找个附近的宾馆住下。第二天继续前行还是留在此地到处转转，尝尝当地的地道美食，全随自己的心意。

* * *

真想带他沿着公园的河堤走一走啊……我有些失落，但爸爸的身体不允许我们玩得太久。

爸爸的双眼暴露了他的疲倦，我掉转了轮椅的方向。

途中，我蹲下身，为爸爸系鞋带。

"没事儿，没事儿，我也不用走路。"

爸爸轻拍我的后背。

"爸，您忘抽烟了。"我凑到已平安返回病房的爸爸耳边，轻声道。

爸爸的眼睛瞪圆，笑了起来："一高兴，给忘了！"

"十六床家属在吗？"呼叫器响了起来。自从我们搬到"新家"，我的名字就变成了"十六床家属"。

"你知道你们外出了多长时间吗?"我在护士站听医生的训斥,"外出必须打报告,万一出事了,大家怎么办?"

我像一个犯错的学生,向医生保证:"我错了,我错了,我下次肯定不这样了。"

"出去玩,有些累了。"爸爸拉起被子,盖好,"但是高兴!"

我看着爸爸,还想和他一起出去玩,哪怕仅仅是和今天一样。

——爸爸快瞧,雪天的景色多美呀!

05
包子的狂欢

买包子不比买爱马仕容易。

打开音乐APP，从"我喜欢的歌曲"随机选择播放了一首由瑞士后摇乐团The Evpatoria Report创作的歌曲 *Taijin Kyofusho*，其中的人声音效取材于美国国家航空航天局2003年的通讯资料——美国哥伦比亚号航天飞机返回地球时解体，七名宇航员在与休斯敦指挥中心进行最后一次联络后，全部遇难。

在我的记忆中，同年因SARS（非典型肺炎）爆发，学校停课，中考取消了物理和化学的考试，这使不热衷于此的我十分开心。仅仅是因为年纪小，所以对世界发生的大事件毫不关心，只关注自己的小心思吗？

十七年的时间，世界发生了很多变化——地球变暖、冰山退化、物种消失、各种病毒侵入生物、稀有物种濒临灭绝。而早在2001年，斯皮尔伯格已经导演了《人工智能》这种预示未来、揭露人性的电影。

在只会消失的时间中，发生着看似无关却相似的事情。生命的意义究竟是什么？是否思考这个问题本就是多余的，没有意义的？

地球在宇宙中是渺小的，而病毒却可以在人类操作的显微镜下被观察。爱是永恒的吗？我在恐惧着什么？权利被剥夺，尊严被践踏，或是其他形式的死亡？

曾为情痛彻心扉，也曾在徒步进藏的路上接近过死亡，甚至在至暗时刻动过结束生命的念头，但我仍选择了活着。是因为牵挂现与我相依为命，日渐年迈的妈妈，还是我不舍这世间的形形色色？执着于参透生命的意义是痛苦的。

只要活着，生活总是越奔越好的——爸爸这样对我说。

大多老百姓的日子在新世纪之初就不必只在逢年过节时才吃上大鱼大肉了。然而神奇的是，一说起想吃什么，脑海里冒出的总是小时候常吃的那几样儿——饺子、包子、面条、烙饼摊鸡蛋。昂贵的燕鲍翅是被遗忘的。

那天过了饭点儿,爸爸忽然和我说想换换口味,想吃包子。我心想,好歹说一道硬菜呢。

但只要他有想吃的,我就高兴。人要是对美食丧失了欲望,嘴不壮了,那才是让人难过的事。爸爸病了以后,我巴不得他一天吃十顿。

"麻烦不麻烦?"爸爸问道。

"这有啥麻烦的?"我麻利地从病房的沙发上跳起身,到阳台抓起棉服就朝门外走。

"你着什么急,把衣服穿严实了再出门。"躺在病床上的爸爸嚷嚷起来,"哎,你这急性子到底随了谁?"

医院往西溜达十多分钟就到了北京倍儿有名的西四包子铺。我一边走,一边用手机查"买包子攻略",一查才知道,买包子不比买爱马仕包容易。买爱马仕,有钱就行。可这包子呢,虽然物美价廉,但买多少是"限定"的,谁让它供不应求呢?

顺天府超市的美食城最里间儿的铺位,不到下午三点钟,队伍已如长龙一般,从窗口沿着坐满食客的桌椅盘成了S形。方才确认了队尾,我踮起脚尖,伸长脖子,面对排在我前面的四十多人，心想，这也不是周末啊，一群馋猫。

北京的著名地点，不分时日，从来都热闹。就拿开在牛街的白记年糕说，排队的食客嘴里都念叨着："人可真多啊！"可也没见谁空着手走。即便是寒冬腊月，西北风吹得烈，但食客为了解馋，把手缩进袖口就是了。

"这么多人，想必一定很好吃。反正也没什么着急的事儿，排就排会儿队吧！"这是不是从众心理的一种表现呢？或者说，凑热闹是人的天性之一。

等待的一个小时像是度过了整整一天似的。

四点整，身穿白色工作服，面戴白色口罩的服务员将窗口打开，准时营业。人们自觉地把队伍排得更顺。我想，等了这么长时间，一定要买到！拿着取餐号码牌的馋猫们，都等着限量的包子出锅。那薄皮儿、一口下去就往外流汤汁的猪肉大葱馅的包子，一斤有三十个。由于限购，每人最多买半斤。

窗口内，一位约莫五十岁的师傅，双手抬着足有半米宽的蒸屉走来。盖子一掀起，热气腾地涌起，白白胖胖的包子像是在进行一场狂欢，一个个虽紧紧挨着，却互不粘连。师傅有条不紊地将包子装进餐盒里。

包子的狂欢是被馋猫大快朵颐，而这场狂欢只需三十多块钱，再来一碗炒肝儿，吃得甭提多美。

包子是半发面的，捂久了，面皮就变得湿了，塌塌的，咬起来就不筋道了。但要是敞着包装盒，这大冬天的，包子直接被凉气激着了，哪还有何"食之快乐"可言呢？

师傅装包子的时候，我已经叫好了出租车。我把掀起一小边盖子的包装盒揣进了棉服里，一路小跑着上了车。

司机笑道："姑娘，这么近的路，还打个车？"

我答："我怕包子凉了。"

"这是去医院看病人？"北京的出租车司机都是爱聊天的。

我回答道："看我爸。"

快到住院楼，我开心地掏出手机，发信息说："我怀里的包子让我看起来像是怀了宝宝似的。"

推开病房的第一扇门，脑袋探进第二扇门，我调皮地说道："这位客官，您点的吃的来喽！"

已经坐在沙发上的爸爸，把拐杖往墙上一立，扭着脑袋注视我。

我把棉服的拉链往下一拉，手往怀里一伸，掏出装着

"胖宝宝们"的包装盒。

爸爸接过来,先是笑着说:"哎呀,都还热乎着呢。"爸爸嘴巴张得大大的,左手将包子往嘴里塞,而右手的手背在抹眼泪。爸爸的腮帮子被撑得圆圆的,他用力地咀嚼,再用力地吞咽。每咽下一口,他就念叨:"好吃,好吃。"

他额头的皱纹被抻平了。

* * *

小时候,只要爸爸去超市,都会提一大兜子我爱吃的零食回来。有次回家,茶几上摆满了各式各样的山楂,山楂卷、山楂片、山楂汉堡……我一手扶着鞋柜换拖鞋,一手指向茶几:"咱家这是要举办'山楂大会'啊?"

都说当爹的疼爱闺女,这上辈子的"小情人",这辈子不疼爱她,疼爱谁呢?要是有上天摘星的本领,为人父的定是要攀爬天梯给女儿摘星星,三颗、十颗,天上有多少就摘多少。

谁都希望自己爱的人过得更好。但至今从未生养孩子的我,实在无权评判父亲宠爱女儿的行为对孩子的成长是不是好事。但我知道,无论在哪儿,孩子都是父母奋斗的动力。

爸，您知道吗？您也是我的动力。别说排队一个小时买包子，您现在想喝天坛北门的豆汁儿，我也立刻给您买去。

我把白肉砂锅买回来，把烤鸭买回来，把鲍鱼捞饭买回来，把霉干菜锅盔买回来，把佛跳墙买回来，把豆腐脑儿买回来，把牛肉面买回来。

我去买杏仁茶、焦圈儿、白记年糕、炒疙瘩、小米辽参、延吉冷面、稻香村的桃酥……我把所有您想吃的、爱吃的，全都买回来。

或者，爸爸就想吃咱自个儿家做的，您告诉我，我和妈妈给您做。炸酱面？猪肉茴香馅儿的饺子？宫保鸡丁？红烧肉？醋熘土豆丝？炝炒圆白菜？西红柿炒鸡蛋？拍黄瓜？肉皮冻？热汤面？或者给您冲碗藕粉、黑芝麻糊？

要么熬点儿棒渣粥？或者蒸个鸡蛋羹？煮个鸡蛋，蘸着酱油和香油调的汁吃？

您嘴干不干？我切几片黄瓜薄片，您在嘴里含着它润着嗓子？您觉着燥，咱吃根冰棍？您爱吃的大红果？绿豆沙？双棒儿？老规矩，您一棒儿，我一棒儿。

要么，我再去买包子——您吃两个，我吃一个，妈妈能吃，她吃三个。

06
非洲草原上等待猎物的狮子孤独吗

是逃避是面对或者是什么。

我喜欢走路,尤其是独行。一个人走路使我不必与任何人交谈,这使我倍感轻松。

早点摊上,糖油饼入热油锅发出的"刺啦"声;老人坐在街边的长椅上,拍打双腿发出的"砰砰"声;风吹树叶发出的"沙沙"声;儿童吹起的泡泡在空气中爆破而发出的"噗噗"声;鲜奶店的老板娘拉开背包的拉锁,为客人找零钱的声音;在十字路口等待绿灯亮起,年轻的男人被他的孩子唤着"爸爸"的声音……生活的乐章如此美好,令人动容。

记忆深刻的哭泣有一些,最清晰的,都和爸爸有关。

我顶着从四面八方袭来的大风，冒着突降的大雪，朝海拔5008米的东达山垭口走近时，下意识地掏出手机看时间——有信号，我当即拨通了爸爸的电话。那是我第一次和他说出"我想您"——我拿不准爸爸是否听清楚了，而他也没有让我重复讲。这就是两个要强之人的默契吧。鼻涕、眼泪和雪花将罩住我半张脸的防晒头巾打湿了。不知道电话那头的爸爸，是不是也湿了眼眶。

川藏线的七十二拐，路险。上坡的路，走得我全身疲累。下坡路，大脚趾被鞋顶得十分疼。我想脱鞋让肿胀酸痛的双脚放松，但我不能这样做。把脚顺利地塞回鞋里，那是运气好。但如果双脚装不回鞋里，那就要命了。运气，在这一时刻，经不住试探。我不得不像是一个没有感情的机器人，机械地沿着下坡路，忍着疼，咬着牙向前走，趁天还亮，走到有人烟的村庄。天擦黑前，我走进了一处村庄。当得知只能在一间仅有桌椅的房间里和衣而眠时，我又拨通了爸爸的电话。

本以为他会劝我打道回府，而爸爸却慢条斯理地和我说："他们都要我喊你回家，但我知道你会走下去。"我席地而坐，放在土地上的泡面未被开封。"我得吃饭了，是热面，我有办法睡觉，放心吧。"我十分内疚。远游的我不该让家中父母为我担惊受怕，那种帮不上忙的无力感让人崩溃。当我无力让爸爸的痛苦减轻时，我的心黯淡无光。一墙之隔的北海公园里，一排柳树的枯枝像一把把剑，刺透我的心。在爸爸的身边，轻轻地握住他的左手。他睁开眼，安慰我道："我没那么疼了。"我们都在演着"像是什么都没有发生过一样"的戏份。或许，"演戏"是人的一种本能吧。

一位好友说："亦凡，你总是一个人，看着真孤独。"

我笑问："非洲草原上等待猎物的狮子不孤独吗？"

为了生存，群居的猫鼬会派遣一位"哨兵"独自在洞穴外站岗，当它预感情况不妙时，即刻放哨给族群；夜行的狼，仰起头颅朝天嚎叫以呼唤它的家人，集结成群的狼匹组织成一支"特种部队"；在天气变冷前，母熊想办法给自己和孩子们喂饱食物，在撑过整个冬季后，它们必须独自进入密林；负责孵蛋的企鹅爸爸只有努力活下去，才能将出生不久的宝宝护在它柔软、温暖的肚皮下，以等待独自外出觅食的企鹅妈妈将美食带回家。

* * *

坐在轮椅上，独自一人在病房的阳台晒太阳的爸爸，他的背影是那么孤独。

我想起自己常被问到的一个问题——你在高原上一个人走路不害怕吗？我害怕，太怕了。对未知的恐惧使我变成了一个被迫害妄想狂。我幻想着当我独行时，突然出现在无人区的牦牛，它们狂追我，尖尖的犄角刺透我的身体；一群低嚎的野狗露出尖牙朝我扑来，将我咬个血肉模糊；一个陌生人从我的身后捂住我的口鼻，抡起胳膊将我砸晕，而我连他的脸都没有看清楚；再或是一辆过往的汽车在急转弯的拐角处，由于处于视线盲区而将我撞飞……在我产生一系列幻想的那一刻，恐惧的魔爪举起它的小拇指，朝我轻轻一推，我自以为是的坚强和骄傲就像多米诺骨牌一样，接连倒塌。然而在害怕这些的同时，我又在享受着独行的美感——那是一种静，天美，地广，忘我，将自己的生命献给大自然。

2019年，爸爸在春天西归。同年夏至，我开始闭关写作，外面的世界对我而言太嘈杂了。

我拉上窗帘，写作、睡觉、听歌、发呆、不讲话，与外界的交流仅仅是用邮件和我的编辑联系。我用一部诺基亚手机，喜欢在上厕所的时候玩"贪吃蛇"。我离不开网络，但不再频繁使用微信和微博。

我走出房间，洗澡，看电视，和我家的小成员——一只名叫麦扣的比熊犬玩一会儿，吃妈妈做的饭，喝她煮的薏米汤，也和她聊聊天，但十句话就让我的身体感到不适——喉咙像被扼住了一样。每半个月我会想出门走走，于是我出门，买菜，剪头，遛狗，看望奶奶，和妈妈下馆子。

习惯坐在床上，靠着床背，将电脑放在折叠桌上写作的我，想要通过写作宣泄压抑已久的情绪，将悬在心中的那颗巨石击碎。灵感突然迸发时，那双敲打键盘的手就像失控了一样，即使我想停，也无济于事。而我又在某个瞬间，猛地仰起头，目之所及的家具、物品都在剧烈地摇晃。当我冷静下来，我想，那是幻觉吧。

幻觉……

老人说人在临死前会看到过世的亲人，他从黑暗走向你，当他朝你挥手，呼唤你的名字时，如果你随他而去，也就走了。

"爸爸，你带我走，好不好？我不想在这里了。"

我想起那个在川藏线上接近死亡的夜晚，我发着高烧，身体失去知觉，就连小拇指也动弹不得。不知道服下的退烧药能不能救我，当光亮越来越小，我想活，我不想死，我想我的爸爸妈妈，我想回家。

我看到了去世的爷爷。他在安慰我，对不小心摔碎了年夜饭碗碟的我说："岁岁平安。"爷爷头顶的那一团光越来越小，当它化成一缕烟，消散在黑暗中时，黑暗织成了一张密密实实的网。爷爷走了，但他还不想我走。

而我的爸爸也不想我随他而去。我不曾一次梦见他。

闭关使我错过了夏天，错过了秋天。我在冬天走在铺了雪花的街上，我想，雪花的舞蹈是一场狂欢，它们的消失又何尝不是呢？只是，那场狂欢是那么平静。

由于服用治疗躁郁症的药物，我和酒暂别。但当我写作和走路的时候，我知道我或许会在生活中重新笃定，也会被爱治愈。

07
我能给你的就是这些了

你为我做的全都对。

爸爸是一个很内敛的人,我很难从他的面部表情探出他的内心世界。他就像一个擅长打"腹稿"的作家,许多话都先在心里打一个草稿,然后用唠叨或是一段简洁却有力的话讲给我听。

比如,他和我谈婚恋的时候。"我觉得年轻人做自己喜欢的事情很好,只有这样才会有幸福感,但也要考虑自己的生活,做一个女强人太累了。"爸爸说。

比如,他在我徒步进藏的时候,每天都在家里查阅地图,告诉我第二天要走多远的路才会有住的地方。

比如，他总是给我钱，怕我在外面遇到事情时，因为钱的关系而受到伤害。他告诉我："女孩身上还是要有些钱的，不然容易吃亏上当受伤害。"

比如，他见我瘦了些，便会说："你还是不要太瘦，大风一吹，就成风筝啦。"

比如，他在临走前，和我说："你的担子重了，还要照顾妈妈，你一个人，行吗？"

爸爸对我最大的包容是他永远支持我。除了他，没有人能做到像他那般包容我的任性和我的所有缺点。他希望我永远不为生计发愁，也希望我建立的家庭是幸福的，而不是为了凑合过日子，向世俗的眼光妥协。外出的爸爸常常对我唠叨，担心他和妈妈不在家的时候，我因为忘带钥匙而进不了家门，冬冷夏热，病了可怎么办。

我在成年很久之后才知道，我之所以能战胜困难，摔倒了再爬起来，就是因为我有一个宠爱着我，又给予我空间、时间和金钱探索世界的爸爸——天塌了，你有爸爸。我养你一辈子是不成问题的，尽管咱家不是大富大贵，只是一个普普通通的小康家庭。

* * *

在爸爸尚有一丝清醒的晚上,一家人开了最后一次家庭会议。

"闺女,你把你想让我知道的都告诉了我,"已经瘦成皮包骨的爸爸虚弱地和我说,"那些你认为不需要我知道的,你没有说,我理解你。"

"爸,我们去有花儿有水的山上,好不好?"我哽咽道,"以后,我有个地方看您。"

"就按你的安排去办吧,"泪水从爸爸的眼角滑出,"你为我做的,全都对。你只管把心放肚子里,你记住,我支持你。"这是他第一次直白地和我表达他一直在为我做的事情——我支持你。

爸爸说:"我清醒的时候越来越少了,我知道的。从现在开始,事情就全交给你了。"

会议上,我们就治疗方案再次达成共识。

第二天,我在病危通知书上填写了——自愿放弃ICU抢救,自愿放弃大多数救治方案。这些会续命,但也会延长痛苦。苦海无涯,心最疼。而更为重要的是,爸爸渴望走得有尊严，我们要给予他尊重，也要满足他的心愿。

爸爸对我们有些愧疚，这让我十分心疼。

"我能为你和妈妈做的只有这些了……"爸爸哭了起来，"我……"

"爸，我都明白……"

"闺女，你诚实地回答我，你希望我坚持吗？"泪水止不住地从他的眼角淌出，"可是我坚持不了多久了。你记住，你爸不是怕死……"

我自然知道他是不怕死的，他那么勇敢的一个人。爸爸的爱保我一世快乐无忧。他在担心他走了以后，宝贝闺女少了帮衬。他不放心。他把身后事都安排好，为了让我们的生活尽可能少些后顾之忧。天知道这需要多大的勇气和多强的理性。

而我为他做了什么呢？给他安排住进北京环境最好的医院，每天守着他、陪着他，为他把屎把尿，以及，当病痛把他折磨得神志不清时，我配合他演戏。

"你，你！"夜灯下，爸爸突然指着我，高喊起来，"就是你，把我的闺女找来！"

我错愕地看着他，心想，我不就是您的女儿吗？

"你是聋子吗？快去啊！"爸爸用力地捶自己的胸口，"我要叫警察把我的女儿找来！"

我慌乱着应道："好，我就是警察，这就去找。"

我的脑袋朝走廊的墙壁用力地撞去，无力地瘫坐下来。

巡夜的护士经过："你爸爸好像在喊你。"

我答："他让我去找他的闺女。"

护士将我拉起身。

深呼吸后，我走近爸爸："爸，我来了。"

"你干什么去了？找了你好久。"爸爸盯住我，朝我笑，"你陪陪我。"

"好。"我的一只手紧紧地攥住病床的防护栏，弯腰，另一只手抚摸他的头发，"爸，我们睡一会儿，好不好？"

防护栏总能帮助我站住脚。

"那我的闺女睡了吗？"他的声音很轻，"她要是睡了，那我也睡，我们不要吵醒她。"

爸爸抱着兔子玩偶，合了眼。

我看着他在微弱的灯光中那么平静，这个给了我许多爱的男人，白色枕头上铺了他的许多头发，黑色的、银色的、白色的。那一刻，我明白了什么是出于爱意的"我想为你做",而不是以责任为理由,有些不得已为之的"我应该做"。

这些都是在爸爸临走前,我一点点醒悟的,随着写作的深入,在回忆中我更加坚定的。

他像所有父亲一样,关心孩子过得是否如意,吃饱了没有,有没有受欺负。在他生病前,我一直处于青春期。爸爸为什么想要坚持?因为只有他活着,他才能继续做一个好父亲,让我在闯荡世界的同时,做一朵温室中的花朵。

一晃,爸爸养育的这只小小的花骨朵已经成长为一个32岁的女人。戴在食指上的钻戒,是爸爸送给我的32岁生日礼物,也是他给我的全部的好、所有的爱。

08
每个人都是超级大骗子

一切都会好起来……

爸爸：

很久很久没给您写信，您一定踱来踱去地猜测我是不是遇到什么事了。

自您生病，我便预感自己会生一场大病。这世间没有哪一桩事比至亲离世更让人崩溃了。

我试了许多方法去宣泄压抑许久的悲伤和愤怒，比如练瑜伽、走路、疯狂购物、夜夜饮酒、闭关，写作。我一度以为，被众人称为"小太阳"的我具有极强的自我疗愈的能力，但事实上，我没能好起来。

编辑对我的判断十分准确，她说："你失去父亲以后，就变了。"

身体总归骗不了人，我在年初被确诊为躁郁症。

在给您写这封信之前，我第一次见识到自己竟然可以那么糟糕。

我厌恶我的抑郁和躁狂，它们反反复复地拉扯；我厌恶我的身体越来越消瘦；我厌恶每天都要吃许多药，却还要装出一副"我没事儿"的样子！

爸爸，是因为您不在我的身边吗，所以我喋喋不休地和您抱怨我的种种情绪。可是，我又能和谁说这些呢？

这两个多月，我一直在探索我的病因，仅仅是失去您以后的应激反应吗？还是您的女儿本身就是一个躁郁症病人？只是这病潜伏了许多年……我想得太多了，我的心好乱啊……爸爸，我该怎么办呢？

值得欣慰的是，妈妈从失去您的黑洞中逐渐走了出来，笑容重新出现在她的脸上。

今年的春节十分冷清，比SARS更严重的一种新型病毒——新型冠状病毒引起的肺炎，它席卷了湖北。为了控制疫情的扩散，全国抗疫。小区进行封闭式管理，每个人和每辆车都配有小区出入证才能外出和回家。但只要家里没有要命的事情，大多百姓就选择足不出户。

路上，查岗的人站在西北风中，一人负责测量体温，另一人负责检查证件。送外卖和快递的小哥很是忙碌，他们整理着比往年同一时期更多的包裹，将其码放在小区外的临时快递架上。他们和居家的人，和那些奋战在一线的医护人员、维护城镇稳定的公务人员、驻守边疆的战士一样，有的都还是孩子。

相比每日新增确诊的数量，大家更在意死亡人数。每个人都为那些失去生命的人叹息，也为那些在抗疫一线奉献热血的人捏一把汗。在恐惧于个人的生命安危的同时，也在最新接收到的疫情信息里捕捉希望。

二月正是疫情严重之时，北京下了一场鹅毛大雪。我迫不及待地下楼，实在不想错过难得的"想出门"的念头。当我裹成小熊，在雪地里站了三分钟时，尽管我的鼻子和空气隔着一只口罩，但我依旧感受到了空气的新鲜。

爸爸，冬天，总要过去的吧？我最近总在琢磨人们究竟哪里来的勇气说一切都会好起来。目前得出的结论是——

对自由的热爱也会使人抑郁。

当我抑郁到极致的时候，我好像不太害怕这个病毒。我出门散步，路上的人不多。一个女人驻足仰头望月，而她的爱人反复催其离开。我猜，他是肚子饿了或是着急上厕所吧。我从他们的身边走过。

今天月亮挂得不高，但很圆，像极了我九十多斤时的圆脸。我像是追着月亮一样，走在回家的路上，我想找回那个健康的我。门外张贴着"延迟开门"的店铺，有的已恢复营业。我想，这是好兆头。

朝阳的玉兰花已经开出花苞，您离开快一年了。待北海公园的柳树连成一条绿丝带，我想去那儿走走。

小臂上的伤口结疤了，我可以和往常一样涂润肤油了。唉，妈妈要是看到这些疤痕一定心疼极了，您肯定也一样。

我不会再伤害自己了，我答应您，永远地答应您。我不让您在遥远的地方捶胸顿足，因为无力救我而责怪自己……

东拉西扯好半天，才想起来还没有向您问好。

爸爸，新年快乐！一切都会好起来的……

2020年3月12日

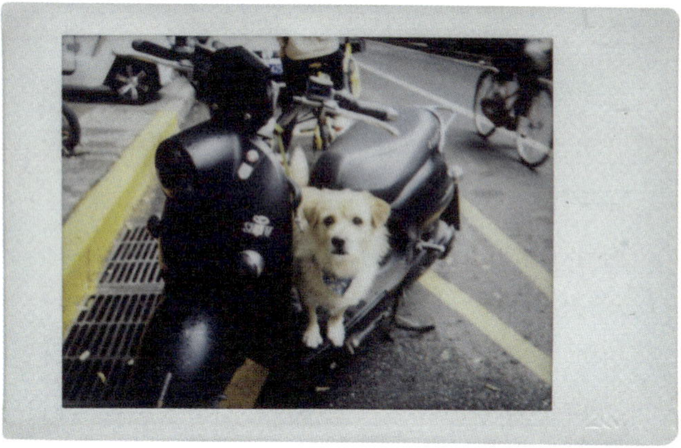

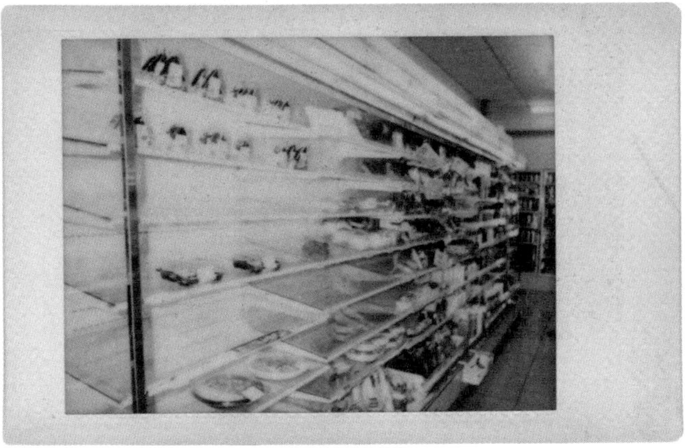

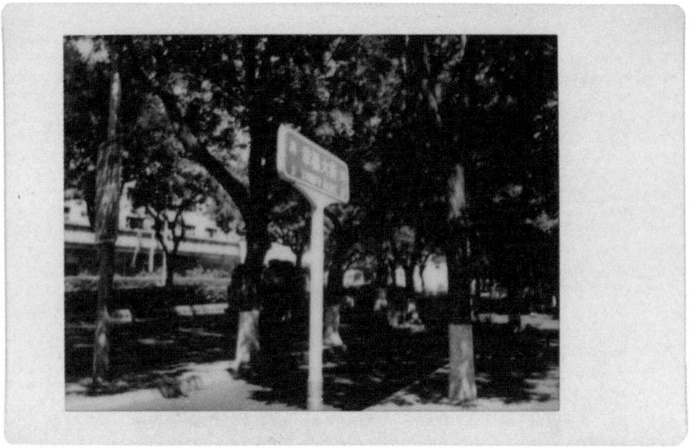

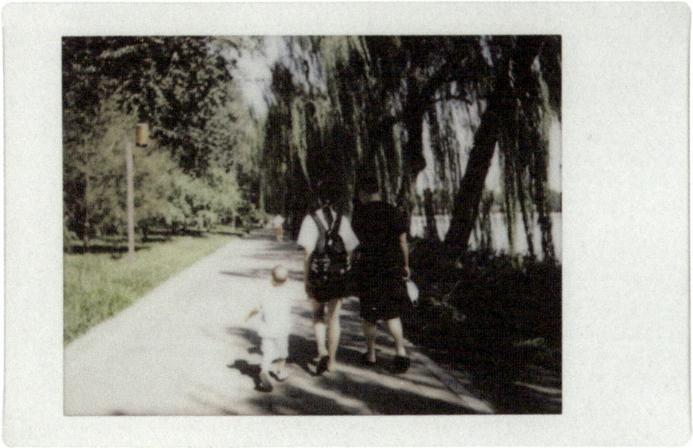

春天

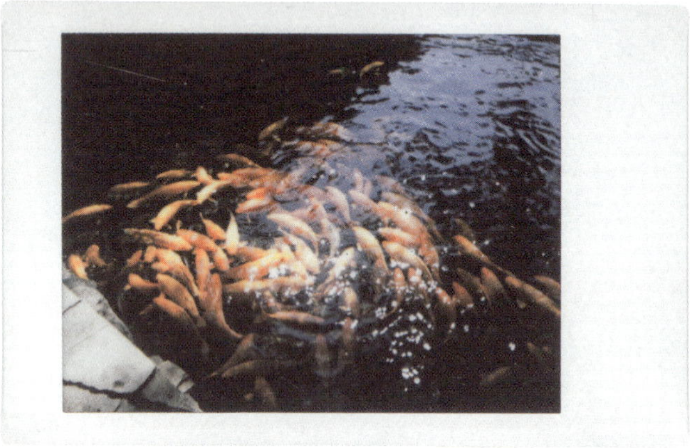

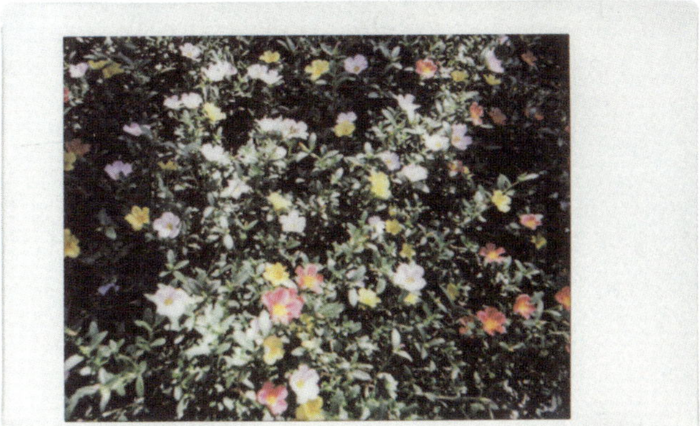

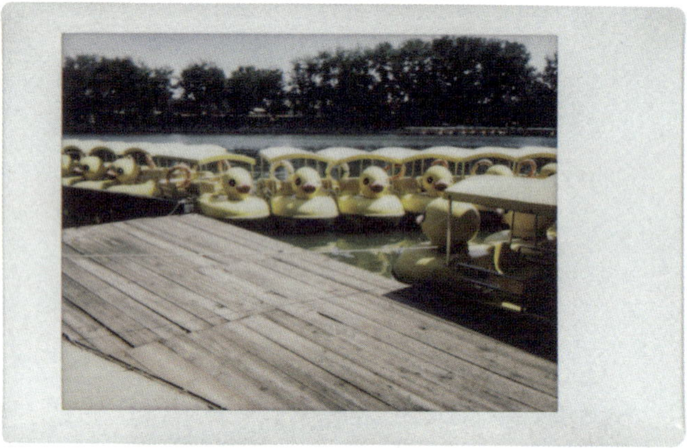

01

最爱的北京的某些时刻

美好的小小瞬间。

去菜市场买菜。应季的瓜果蔬菜很新鲜,但不贵。

在大清早或是傍晚遛弯,不慌不忙地走,不计较时间的流逝。

看到恋人或夫妻手拉手地走在街上,嬉笑、聊天或默契地不语。

偶遇长得好看并且气质也特别好的人。虽不认识,也无须相识,但会因为看到这样的人而感到开心。

早点摊和小吃店排着很长的队伍,日子很惬意。

狗狗被拴在店铺外的栏杆上,它谁也不理,只管蹲在地上，朝店里望。当主人从里面走出来时，它摇着尾巴，要家人摸一摸它的脑袋。

常去的商场开始做打折活动啦！

余晖是橘色的。

天气晴朗，云在蓝天中飘。

二环路和三环路的隔离带里都种着北京市市花，月季花的颜色丰富，有粉色的、红色的，还有黄色的。

许多街道都很安静，种着叶子像手掌的梧桐树。

自行车有秩序地摆放在路边。

停车不收费，而且不被罚款。

女孩在地铁口的鲜花摊上买了一捧花儿，她抱着它们回家的样子很美好。

早上六点半的路，汽车还不多，走着去买菜的人不少。

看到小胖妞吃着麦当劳的甜筒，或是喝着奶茶在十字路口等待绿灯。

喜欢的唱片店进了想买的唱片。

晚上能看到月亮，它有时躲在云的后面，朦朦胧胧的，像一个害羞的孩子。

清洁工打扫街道，街道很干净。

经过天安门广场的时候,心中油然而生一种力量。

有人向我问路,我告诉他们去哪里坐车,他们向我道谢。

下雪,有积雪,很素净。

下雨,有蜗牛,很可爱。

夏天,蝉鸣的声音让人平静。

小鸟落在窗前,我一看,它就飞跑了。

同行的闺密嘻嘻哈哈地聊天。

老年人在咖啡馆聚会,抢着埋单。

夏天,涮羊肉馆子里也有很多人。

鲜花店很多。

街道有座椅供人歇脚。

公共洗手间很干净,有消毒水的味道。

夜晚的路边,有卖烤冷面的小吃摊儿。

二十四小时便利店很多,在深夜也能买到需要的东西。

常光顾的咖啡馆和店铺,服务员都记得我,彼此打招呼,很有人情味。

邻里关系和睦,碰面打招呼,谁家有事儿,互相帮衬着。

公园多,小孩子奔跑,吹泡泡,抱着可爱的保温杯大口喝水。

流浪猫被好心人投喂食物和水。

一些饭馆和咖啡馆有露天座位,晒太阳,或是乘凉,都不被蚊虫叮咬。

赚钱很难,但花钱很容易,没有花不出去钱的烦恼。

闯红灯的行人越来越少。

02

打卤面与麻豆腐

珍珠。

我的妈妈在二十世纪五十年代后期的北京,出生了。

按家谱,妈妈的名字取了"珍珠"的"珠"字,意味着她是家中珍宝。上有两个哥哥、下有两个妹妹的她,被父母捧在手心里。

七十年代,妈妈人如其名,出落成了一颗"珍珠"。

娇俏可人的她常常在回家途中被"拍婆子"。吹口哨和递俏皮话的男孩却只能接到她的一个白眼儿和一句"流氓"。那时候的女孩,大多是矜持的。

不久后,中学毕业的妈妈随时代潮流,上山下乡,到农村接受贫下中农再教育。

一年零八个月的插队生活结束后，返城的妈妈进入一家糕点厂随师傅做工。由于她天资聪颖外加手脚勤快，没多少时日就成了一名糕点师。女孩长得漂亮，就容易在选对象时挑花了眼，我的妈妈也不例外。但只要是长相英俊，或是能在二十世纪八十年代开着大汽车载她出去兜风的男孩，她都是乐意与之看看电影吃吃饭的。

眼瞅着年近二十五，虽说家里没有催促她的婚事，但骨子里保守又重视脸面的妈妈也开始着急成家的事情了——总不能把自己过成一个"老姑娘"。

妈妈和爸爸像是两个半圆，一个在北京的城里，另一个在相隔不远的城外，各自晃荡着。

但经人介绍，他们相识了。

谈了一年半的恋爱，二人正式步入了婚姻殿堂，组成了一个完整的圆。

四年有余的二人世界，这只圆的边角早已磨平。生孩子这件事被他们提上了日程。八十年代的婚姻，传宗接代仍是一大要事。

我的出生使妈妈不再执着于追求个人进步。她除了买菜做饭和操持家务，家中大权全部交予了爸爸。只要生活稳定，一家人无病无灾，就是妈妈最大的幸福。

五十岁一到，凭借职称和工龄，妈妈拿着一份还不错的退休金，但那时，爸爸仍在上班。所以在她的心里，她的清福是自爸爸退休后，才在真正意义上开始享受的。

"我被老师选为领舞啦！"妈妈即将参加2018年朝阳区教委组织的退休教师夏季舞蹈大赛。

她向爸爸展示彩排照片："你说我是不是得减减肥，上镜能更好看些？"

爸爸摘了老花镜："那你怕是要再瘦十斤吧？"

爸爸一坏笑，妈妈便拍着肚皮，态度严肃了起来："我决定了！从今天起不吃晚饭，直到比赛结束。"

然而在她吹响减肥口号的第三天，号声就没了动静。

"嗯！真香啊！"晚饭时，妈妈夸赞着自己的手艺。

"哟，谁嚷嚷着要减肥来着？"爸爸说道。

"做了这么多好吃的，我不能白白辛苦呀！"

爸爸说："我可以做饭。"

"你可别进厨房，还不够添乱的。"妈妈说。

饭桌上，我从未听过他们聊过与工作有关的话题。

"退休要有退休的模样，吃饭也要有吃饭的模样，"妈妈说，"再说了，工作情绪就应该都丢在家门外。"

"你妈说得对，干什么就要有那番模样。"爸爸道。

北京台正播放着俩人都十分热衷的节目《欢乐二打一》。"啪！"筷子被爸爸摔在饭桌上："哎哟，怎么能这么打牌呢！这样都可以参赛？"

"就是！打得真臭！"妈妈应道。

我一言不发，心想，一边吃饭，一边投入剧情……

二人将肉肠投递给麦扣。

"不是说好只给它吃狗粮吗？"我摇头，"哎，真是有模有样啊……"

当一盘切好的诱人的哈密瓜被妈妈端上桌，二人因水果究竟是立马就上桌还是饭后半小时再吃而拌嘴时，我的心暖洋洋的。

* * *

家中的欢乐在2019年的变故后，消失了。

爸爸走后，家里的电视总开着。

妈妈说:"热闹些。"

我从小喜好清静,妈妈自然是知道的。

而我也知道失去伴侣的苦楚。

午饭时,电视里正播着一部讲插队故事的连续剧。

"没有人不去吗?"我对此好奇。

"都要听从组织安排的。"妈妈应道,"我那会儿在怀柔插队。"

怀柔,真是一个温柔的名字啊。

我问:"那时您多大?"

"和电视里的人差不多吧,"妈妈的筷子指向电视,"十五岁?十六岁?走的那天,车里哭成一片啊,我也哇哇哭。我们都想,是不是再也回不了家了……"

我说:"那还不都想家想疯啦!"

妈妈说:"做梦都是梦到家,但还是吃饭时最想家。"

电视里,大雪纷飞。

"今年过得真快,不对,是每年都快,现在越来越快。"妈妈拨弄她的头发,"过些天我要去染头发。"

妈妈的发根和鬓角白了。

"妈,您觉得咱俩像吗?"我问道。

妈妈摇摇头:"不太像。"

"要是出生在同一个年代,我们应该是差不多的。"

"也是,我们年轻时也和你们差不多,青春年少,谁不向往浪漫,渴望自由啊?"妈妈笑了起来,"那会儿我们都想办法穿喇叭裤,戴大墨镜。"

"够潮的呀!"我也笑了。

"但总觉得自己不能做一个异类。那时候女孩成为异类,代价比现在大许多。"妈妈说,"现在的年轻人,结了婚,说离就离,要不要孩子都行,想一辈子单身都没问题。婚姻不再是必需的了。时代不一样喽!"

* * *

"晚饭你在家吃吧?打卤面。"妈妈问道。

我爱吃鸡蛋,西红柿打卤面一定是要放两只鸡蛋的。放在台面上的两只"圆滚滚",被妈妈用一根筷子挡住。

将洗净的西红柿切成小丁,装碗备用。磕在另一只碗里的鸡蛋被搅好,有着小小的泡沫。

一只手抬起添了凉油的热锅,转一转,使其在大火上更均匀地受热,油烟一冒,落下锅;另一只手将打好的鸡蛋液滑入锅中,即刻用筷子搅拌,炒好的鸡蛋黄澄澄的,很是鲜嫩。

用锅内的底油以大火炝炒葱花,香味弥漫,倒入西红柿丁,"刺啦"一响,快速翻炒,待西红柿被锅铲压得更碎时,倒入鸡蛋。热水入锅,食材像在汤汁中游泳一般,"咕嘟、咕嘟"冒着泡,盖上锅盖以中火焖煮。为了使味道更浓郁,需要煮到西红柿的汤汁更黏稠,鸡蛋像是裹了一层红衣后,入盐调味,关火出锅。

面条,我们一家人都爱吃锅挑儿。热卤往热面上一浇,那鲜亮的色泽,让我忍不住想再多吃几口。

在妈妈的眼里,吃饭是要事。妈妈的厨艺自然也是很好的。备十人一桌的家常菜,对她来说是小菜一碟。厨房的门一关,灶台的火一燃,她就变身为一个厨神。

生活就是由一顿顿饭拼凑起来的——这就是妈妈对人生的见解。

"吃什么,怎么做,是炒还是炖,谁和谁搭配着最好吃,吃什么能去火,怎么吃能滋补,这可都是学问,大了去了。"西红柿被妈妈放进水盆中,"怎么选菜也很有讲究的。不过现在的菜啊，菜味可不比当年了。"

泡在水里的西红柿，红彤彤的。

"哎，明天你想吃什么啊？"

* * *

2019年1月5日，我们珍惜着一家人下馆子的机会。

"就在外面吃吧。"爸爸说。

他选了紫光园。这家开设于二十世纪八十年代的清真餐厅，由于菜品地道、价格实惠，深得北京人的喜爱。而团结湖公园的这一家，是我小时候常去的。

"带你逛完公园，我们总来这儿，你还记得吗？"汽车从公园的东门经过时爸爸说，"咱们夏天在这儿游泳，冬天坐冰车，春天时放风筝。"

"那秋天呢？"妈妈问。

她习惯坐在后排座椅上。坐前排，她说她揪心。

我心想，真是一个没有安全感的女人呀……

"秋天捞鱼。"我应道。

爸爸扭头瞥了我一眼："你就胡闹吧，秋天是划船。"

妈妈扶着爸爸过马路。他俩和我在街上看到的老两口一样，一人步履蹒跚，二人走得不慌不忙。紧随其后的我，心中思忖，这是我第几次意识到他们老了？

爸爸点了一桌子熟悉的菜，牛肉炒疙瘩、醋熘木须、干炸肉松、糖熘卷果和红烧蹄筋。随后，他又加了一道，说："麻豆腐，我差点儿忘了。"

每每吃这道闻起来有些膻味儿的老北京菜肴，便听他俩讲他们小时候是用不起羊油的，为了让麻豆腐有油香味，只得用肉皮在锅里抹一抹。虽说麻豆腐是一道平民小吃，但也甚得有钱人的喜爱。在他们心里，再昂贵的菜肴，也不如老味道好。

"这一整个上午可折腾死我了。"爸爸抱怨着，"早知道不去检查PET-CT（正电子发射计算机断层显像）了。"

当我从他的脸上读出了"再做多少检查也不过是求一个侥幸"时，我猜想，他该不会是把这顿"老味道"安排成了"最后一次下馆子"吧？

"第一次吃紫光园，还是爷爷带我去红庙吃的，"我说，"爷爷说那家店永远不会关张。"

"守住了第一家门店，才有'百年老字号'的奔头。"

爸爸说，"我怎么突然想喝豆汁啊？磁器口的。"

"还豆汁呢，这些都吃不完，"妈妈仍在往嘴里塞食物，"又是我吃'狗剩儿'。"

"你说谁是狗？"爸爸捧腹笑着，"晚上又要听某人喊减肥喽。"

午后两点，天空阴霾，西北风凛冽。我先行将汽车打开暖风，随后朝他俩快步走去。此时的团结湖路，车不多。当老人在午睡，孩子正上课，年轻人忙得焦头烂额时，此刻过马路的二人像是在跨越一条河。

但他们没有船，我想成为他们的桨。

"不着急，我们慢慢走。"妈妈柔声道。

回家的路，走得很快。六层的楼梯，爬得很慢。五个打包盒，在冰箱里冷藏。

* * *

惊蛰才过，爸爸再也吃不下了。清明后的第四天，他像病房窗外的玉兰花，一不小心，就谢了。

"我不想出门，"谷雨后，地上铺着桃花的花瓣，妈妈说,"我只想静一静。"

少了爸爸的家,静了许多。

两个女人住在彼此的隔壁,熬着夜。

失去爱人的妈妈,被我捕捉到了痛苦。

她理应享有悲伤的权利,就像我享有喝不喝豆汁的自由。"你爸走得太早了,"妈妈哭哭啼啼,"我们才一起享了几年的清福啊……"

"您哭吧,都哭出来。"我怀抱着她。

"他们安慰我,说我应当知足。因为你爸,我的生活过得挺不错,有份好工作,也去过许多地方,还有个好女儿……"妈妈泣不成声,"可……可我……"

"可您觉得自己挺惨的,才过六十岁,就失去了爱人。"我说。

"嗯……"妈妈轻声道。

"您失去父母的时候,您有我爸,还有我。"我哽咽道,"可我有谁呢?比惨,我好像更惨一些……"

"这样想来,是你更惨。"妈妈的眼泪收住了。

我感觉我的肩膀很重,很重。

"那些'一切都会好起来'的话,咱们就左耳进,右耳出。"我说，"想哭就哭，想购物就购物，想干什么，去做就是了。"

"我只想照顾好你。"妈妈说道。

* * *

又是一年杨絮如雪。

"你怎么喝豆汁了？"妈妈笑着，"我教你啊，嘴要沿着碗边，打着圈儿，匀着喝。"爸爸应该也是那样喝的吧——我不曾和爸爸一起喝过豆汁。

妈妈说："磁器口的豆汁是好，难怪你爸爱喝。"

我心想：妈妈一定也很想爸爸吧。他们那个年代的人，总是不善于表露情感。

妈妈说："找天咱吃麻豆腐吧。"

麻豆腐是一道人离不开的菜。

妈妈一边准备食材，一边说："炒麻豆腐还是你爸教我的。"

食材已备好。

热锅入少许油，先下入泡发了一宿的黄豆，再添入切成小段的雪里蕻，将其炒至八成熟，盛出备用。

　　再添入许多油，将黏糊糊的麻豆腐滑入锅中，点入三四滴料酒，将其匀开。

　　添热水，以小火不停炒制。当厨房里飘起一股酸味时，倒入黄豆和雪里蕻。

　　水被麻豆腐吸干时，雪里蕻被麻豆腐包裹住了。

　　关火，盛入盘中。

　　喜欢吃辣的，就在麻豆腐的中间挖出一个小洞。"滋、滋——"另起炉灶，掰开的红辣椒在羊油里冒出香辣味，将其倒入洞中，再撒上些韭菜末，上桌。

　　"你爸要在，准要放许多辣椒油。"妈妈说，"现在比以前方便得多，羊油在清真摊买现成的，也很新鲜。"

　　她的眼睛始终没有离开那盘没放辣椒油的麻豆腐，直到《欢乐二打一》的第一局开始。

　　妈妈说："我要不要加持你爸的力量，也参加比赛？"

　　"明天包饺子？"妈妈一边看节目，一边说，"韭菜馅的。——你爸说了，棋逢对手才好看。"她双手击掌，"哎呀，这牌应该先打对儿啊！我俩看这节目就容易动气。"

我看着妈妈，心想，她一定拿出了许多勇气去接受现实吧。

盛开在新一年的玉兰花，不该被错过。

或许，那挽歌，我也不要再唱了。

03
麦扣

摇尾巴是在说"我爱你"。

每天的早饭后和晚饭前,妈妈都要牵着麦扣去赴一场家宠之约。

当麦扣认定你是它的朋友时,它便收起它的利爪和尖牙。

"汪、汪、汪!"一只名叫洋洋的棕色泰迪犬姗姗来迟。

"我的心尖尖终于来啦!"拴在麦扣身上的狗绳被它拉得笔直。

狗狗细嗅彼此的样子,像是在跳一段贴面舞。

"来,麦扣,吃肉肉。"独居的王阿姨将备在衣兜里的零食递向它。

因为家宠的存在，邻里关系更加热络，路上遇到了，总要攀谈一会儿。

"是啊，孩子回来啦！"拎着一大兜食材的王阿姨笑着应道，"做点儿他们爱吃的。"

"他们又有口福啦！"妈妈说道。

解了馋的麦扣在妈妈的脚边，观察着四周。

"嘿，可不是嘛。吃完午饭就走。先不聊啦，我得赶紧回去准备。"王阿姨从银杏树下经过，朝家走去。

回家后，妈妈一边给麦扣添食，一边和我说："那只叫球球的小博美一走，就又剩你王阿姨一个人了。"

"那她平时一个人都吃什么？"我疑惑道。

"有口吃的就得了呗。岁数大了，也吃不了多少。"妈妈应道。

享用过美味的鸡胸肉和胡萝卜后，麦扣被妈妈抱上了沙发。我揉着麦扣的脑袋："你地位挺高啊！"

我像是在揉一颗大元宵。

* * *

我还没反应过来，"元宵"就从沙发上一跃而下，滚到了地板上。"嗷、嗷、嗷！"听觉敏锐的麦扣已经站在防盗门前，朝有走动声响的门外狂吠。

"汪、汪、汪！"上了街的麦扣跑在我们的前面，不许陌生人和其他狗狗靠近。

"哈、哈、哈！"嗅到熟悉味道的麦扣抻着脖子，冲在妈妈前面，在人群中朝我跑来。

"嗯、嗯、嗯！"麦扣的脑袋抬得高高的，摇着尾巴，朝我撒娇。它像一个护卫，更像一个过万圣节的孩子，不给糖就捣蛋。

"要是能和麦扣一样就好了。"

我刚给麦扣穿上衣服，还没站起身，电话就响了。

"遛狗了吗？"手机那端，爸爸妈妈的嘱咐，我已经倒背如流，"你要早点儿带它出去玩，不然它会憋尿，憋尿就会不舒服，不舒服就会生病……"

"OK，放心了。"当他们收到我发送的遛狗视频时，他们回复道。

家宠，家宠，家中有孩子要我们宠。

＊＊＊

麦扣的归家之期以爸爸的离去之日而定。

爸爸住院期间,麦扣在表姐家寄养。然而,回家的麦扣尿不尽。"这个症状快三个月了,还是检查一下才放心哪……"妈妈听了我的建议,随我去了宠物医院。

西大望路,麦扣十分喜欢,它在那里留下了许多痕迹。

等待报告的工夫,妈妈喝了三杯水。

饮水机上挂着的一次性纸杯,供家属使用。

医生为我们讲解体检报告:"它的尿道长了些结石,几颗牙齿也坏掉了。它还没有做绝育手术吧?"

"它爸,不,是我们想着它万一要生孩子呢,谁能想到这反而害了它?"纸杯被妈妈捏得变了形。

在爸爸妈妈的心中,传宗接代是生命的延续,狗狗也如此。然而喜欢孩子的我,却至今未生育儿女。如孩子一般天真的麦扣就成了我们的孩子。

我问道:"大夫,您认为怎么做是最安全的?"

"我建议全身麻醉,三个手术一同做了,"医生将报告交与我,"这样麦扣以后少受些罪。"

"可这次要受三次罪啊！"妈妈说。

"你们考虑考虑。也可以先做结石手术，这是比较紧急的。"医生被唤进了工作间。

我从窗口朝里望。一只京巴犬站在工作台上，它看起来年纪很轻，而麦扣在九月份将满八岁。

"把麦扣送到你表姐家寄养也是不得已。我们都搬去了医院，它没得抑郁症，我的心算是落了下来。"妈妈在休息区踱步，"谁能想到它得了这么些病，大夫怎么说还会要命？"

我心想，谁都会生病。现在它病了，我们花多少钱也要给它治。

纸杯被妈妈扔进垃圾桶，它皱巴巴的。

热腾腾的空气在傍晚未有散去的迹象。

一位老人牵着一只狗狗走在我们的前面。

我们自然是走得更快些。我扭头看向他们，那只狗狗年事已高，但它闲庭信步。

压抑在我心中的那团爱意之火再次被点燃。

我们，还有麦扣。

街上，许多人拎着西瓜。

麦扣十分爱吃西瓜,我去买了一个。

"嘎吱、嘎吱——"被切成碎块的西瓜被麦扣的坏牙咀嚼着。

"王阿姨的狗狗走了以后,她特别伤心,哭了许多天,像是没了孩子一样。"妈妈抚摸着麦扣的毛发。

麦扣的脑袋歪着,像是听懂了。

妈妈的脑袋贴近麦扣,轻声耳语:"我的宝宝,你会一直健健康康的,是不是?"

麦扣身子一翻,它的肚皮等待着妈妈的爱抚。

* * *

隔天清早,麦扣吃过丰盛的早饭后,随我们出了家门。

长条木椅供家属坐。妈妈坐着,我站在离她一米远处。

"我的手怎么又抖了呢?"我的双手背在身后,"一定是因为刚刚签过手术同意书……"一团黑云压向头顶,我的脑袋有些疼。手机被我们放在木椅上。妈妈一直从手术室的门缝朝里张望。

在摩托车赛道,没有消息就是好消息。在手术室外,也一样。我和妈妈都未饮水，生怕去洗手间的工夫，错过了麦扣出来。

"它刚来时又瘦又小，一转眼这么多年了。"

我应道："现在被揣成了一只肉球儿。"

妈妈的脖子伸长："两个多小时了。狗狗做手术，和人差不多呢。"

* * *

爸爸：

因为疫情，2020年注定成为历史上浓重的一笔。疫情使人们不得不与外界隔离，许多人觉得压抑、憋闷。

各方医疗队在疫情最严重的湖北集结，您的主治医师也是其中一员。您和我说过，他是一个好人。我们都很遗憾没能在春节时如愿相聚，但当我得知他在2003年奋战在抗击SARS一线，十七年后的今天又奋战在抗击新冠病毒肺炎疫情一线时，我对他的敬仰更深了。我也为自己的想不开而感到无地自容……我简直是在辜负生命。

疫情期间，许多工厂提前开工，工人们为疫情所需物资加班加点。北京的路空了许多，但清洁工、快递员和外卖小哥仍在路上东奔西跑。除了公务车，零星的公交车仍在跑着，车里，只有司机和保障员。

城市中，各家的沙发被坐出了许多坑。

冬天，麦扣像一只冬眠的小熊。当它自愿出窝时，天气就算是转暖了。

天色黑得不那么早了。

商场需要开门，人们压抑的情绪也需要释放。

春分一过，寂寞难耐的人们戴着口罩出门踏青。

而您闺女，看病已成了家常便饭。

上个月复查，大夫根据血象报告和我的身体情况，药量有增无减……我每天竟要吃五种药。

您也吃过那么多的药。

对，对，这万不可做比较。吃许多药是悲惨的，我对您的理解又多了些。

昨晚，我也照例在晚饭后出门走路。"日行万步才肯罢休。"妈妈对此十分支持。想来，她是怕我憋坏了。

晚八点的西大望路车流依旧不多，但散步的人多了些。

"对不起，对不起。"一辆汽车从加油站驶出，急停在我的身前。

车灯熄灭了。

"没伤着你吧？"路灯下，司机站在我的身边将我打量。

我摇头，没有言语。

我朝坐回驾驶座的他挥挥手。他的汽车是黑色的，十分锃亮。我们的口罩都是白色的，使用一次就被扔掉。

我走了几步，扶住了一根电线杆。口罩被我拉至下巴——我没有情绪了吗？如果躁郁症的药物使我丧失情绪，这算不算得上一件糟糕的事情呢？我们都有情绪，失控到把自己搞丢的人被归类为精神病人，我就是其中之一。

我抬头，不见月亮。

* * *

麦扣的体重在手术后渐长。

无论四季如何变化，麦扣是苗条还是肥胖，每个清晨，妈妈和麦扣都是自然醒。

防盗门总是被妈妈关得很轻，她怕吵醒我。

麦扣手术之后身体健康，越来越胖。它越胖，越是被邻居喜爱。

"你要减肥啊!"妈妈很担心,"不然得了肥胖病可是又要受罪的!"

减肥的话,妈妈一句没少说。

然而食物,麦扣一口没少吃。

"你怎么又给它吃?"妈妈质问我。

"你们都给,为什么我不能给?"我为自己辩解,"我也爱它呀!"

"咱们还是应该给它减减肥,"妈妈指着电视,《快乐大本营》正播着,"瘦,穿什么衣服都好看。"

"我给它买的新衣服是最大号,但扣子只能扣上两粒。您说它现在是像小猪呢,还是像海豹?"我打趣道,"但它多讨人喜欢,西大望路,我们最可爱!"

"倒是你,瘦了许多!"妈妈看向我。

早晚会被妈妈知道我生病。她若是因此而多想,我是理解的。毕竟,我的体重已经掉了十斤,实在明显。爸,我答应您,我绝不跌破八十斤!

麦扣总是歪着脑袋,听我们说话。我们不知道它是否想减肥。

怎么办才好呢？走多了，怕它累；走少了，又怕它减肥失败。吃的给少了，于心不忍；给多了呢，就想给更多。

大概人生就是有很多的"不知如何是好"吧。

今早，归家的麦扣朝我跑来。

"小胖子回来啦！姐姐瞧瞧，小脚丫都擦干净了没？"临出门，我和它亲热了一番，"要想我哦。"

变化真是快得很啊……只一个夜晚，院儿里的银杏树的新芽就长得壮了些。

上午九点的西大望路，恢复了拥堵。

我驻足路口，等待绿灯时，东张西望。只见一个大叔小跑着过马路，他怀里抱着一捆大葱，葱叶一晃一晃的。

最近常听交响乐，维瓦尔第的协奏曲使我的脑袋不由自主地摇摆。一专注，我错过了绿灯。

"哎，早上吃了几片药？"我一阵恍惚。记性在服药后，时好时坏。

被我冷落的信箱有一条信息——因疫情暂停营业的咖啡馆将于4月1日恢复营业。

我又有地方可去了，最喜欢的温暖季节也终于要来了——心中还有盼望，我就还有救。是这样吧，爸爸？

今天临出门前,妈妈闲话:"昨天看了一部新剧,主人养了好些年的狗狗走了,真是让人伤心……"

我走在午后的阳光中,一只吉娃娃被它的妈妈牵着。我猛然想起,麦扣的妈妈曾在手术室的门外哽咽道:"麦扣要是走了,我就再也不养狗了。"

麦扣也会走的。

但我答应您,今年立夏时,麦扣减肥成功!

路过的果蔬店,西瓜已被堆放在显眼的位置。

这还没过清明呢,一对情侣手挽着手,走在我的前面。男孩子的另一只手拎着一个西瓜。

"咔——"像往年的夏天一样,我们把西瓜从冷水池里捞出来,用菜刀在中间一劈,它自然地分开,然后我们用勺子挖着吃。

"哈、哈、哈!"摇着尾巴的麦扣,也被分得一些。

* * *

唉,它最后一次朝您摇尾巴是什么时候?
2019年,我们搬去医院的那一天。

您的双手拄着拐杖,从阳台朝外望着,麦扣在您的脚边,贴着。

当您的一只手伸向麦扣时,我们捏着汗,生怕您摔了。

麦扣也是。它蹦了起来,脑袋离您的手更近了些。

"乖——"您和麦扣说道,"宝宝,来爸爸这儿吃肉肉。"您将肉肠喂给麦扣,"多吃点儿。"

麦扣大快朵颐。

您在防盗门外停下脚步,扭头。

麦扣在家里望着您,它的尾巴耷拉着。

您朝麦扣摆摆手,麦扣的尾巴摇了起来。

2020年4月1日

04

和妈妈，也和自己道歉

躁郁症患者的呐喊。

"天哪，我怎么都不到八十斤了？！"我在立夏惊讶于自己的体重。

而半年前，维持了十多年的九十多斤险些破百。浓重的黑眼圈、粗糙的皮肤都不足以打击到我。身材被我亲手毁了，让我万分焦虑。

我是一个被体重禁锢住的人。

"不——能——再——这——样——下——去——了！"

我可以继续闭关，但我无法接受一个发胖的自己。

闭关，我把练了十多年的瑜伽都扔了。而写作，似乎只是我不出门的借口。但我写的那些文字，简直就像一杯苦瓜汁，味道很纯的那种。然而第一本书的出版经验使我清楚地知道，这本书的创作如果继续这样下去，会被我改得乱七八糟，别说是身材，健康也会被彻彻底底毁了。

减肥成了写作之余的第一要事。首先，我要把瑜伽捡起来，然后走出家门，去运动。

我想，这样做，作息就可以慢慢调整过来吧！再也不用昼夜颠倒，收获一个糟糕的自己了。

"那么就去游泳吧！"

我喜欢游泳，它使我专注。我也不得不专注，呛水会使鼻腔难受。手脚在水中乱划的样子也实在难看。

健身中心位于富力万丽酒店的顶层，虽不大，但有着广阔的视野。当我的双脚在跑步机上忙碌时，我可以面朝蓝天白云发呆。游泳池很小，却没有刺鼻的消毒水味道。最重要的一点是，这里人很少，大多数时间很清静。

走进MEET CAFÉ（觅咖啡）是偶然的。初次拉开它的玻璃门，仅仅是因为它离健身中心特别近，一根烟的工夫就到了。它的中文名也很好听，一个"觅"字，颇有一种寻觅，觅得一人、一物、一地的浪漫情怀。

这间咖啡馆有两层,每层都有落地窗。刚巧我去的那一天天气好,桌上铺了阳光,真是让人心情愉悦啊……

在咖啡馆只喝热的美式咖啡或普洱茶是我多年的习惯。而这家店的这两样都合我的口味。咖啡师和服务员都有着亲切的面庞。

坐在隔壁桌的两位姐姐,她们在讨论文学。我的耳朵捕捉四周的声音。聊八个亿买卖的人,不多。

门外的梧桐树,它的叶子很大,遮阳最好不过了。树影下的烟筒旁,三个人正在聊天。推开门就能抽烟,微风吹来,衣服不沾染烟的味道。放松放松肩颈和有些水肿的双腿,这对于久坐的人来说,再幸福不过了。原本以为他们是一桌之友,但他们回到屋内时,是各入各位的。各有空间,互不干扰,却又能在放松时闲聊几句,这样真好。

"那么就在这里写作吧!"

* * *

我常常和烟友在同一时间"放风"。

"呀,你也在啊!"瞧,人们都会为偶遇而开心。

烟友站在我的对面，外套不厚，还挺宽松，容易灌风。

我的眉毛上挑："你不冷啊？我还穿着秋裤。"

"我冬天也不穿秋裤。"他说。

我感慨道："往年我也不穿，但去年和今年的冬天，我都穿了。我老了。"

他哈哈笑起来："没关系，虽然天冷人老，但你身材依然很好。"

嘴真甜。我心想。

他说："我见你每天都来这里，一坐就坐到下午，可是你都只喝水，你不吃饭的吗？"这次，我无语了，像是做了什么错事似的。不吃饭确实是一件不好的事情，这一点，我再清楚不过了。

那时，我还没有意识到不愿意吃饭是因为我病了。以前最爱的丰盛早餐越来越吃不动了，一个煎蛋或水煮蛋、两片全麦面包、一个苹果或五六颗小番茄和一杯热牛奶，全部减半，直到只吃得下半个鸡蛋和半杯牛奶。

我是不是得了厌食症？我的心忐忑起来，怎么可能呢？

忽地，我的眼前出现了爸爸抗拒吃饭的神情，我的眼泪打湿了双手。

人在生病前，都会有预感吗？或许，我很早很早前就病了，只是我不自知。成宿的失眠、严重的厌食、莫名其妙的欲望、情绪忽高忽低、偶有幻觉，使我越来越强烈地感受到身心越来越反常。

如我所料，我病了。但被确诊为躁郁症是意料之外的。躁郁症比抑郁症更复杂，也更严重。在我的印象里，精神病是终身的，那意味着一辈子都是糟糕的、凌乱的。感觉自己正在亲手摧毁自己的余生。我甚至想，如果我不知道自己病了，该多幸运，那样我就不必饱尝痛苦的滋味了。

然而事实是我的脑门上被万能胶啪地贴了一张防水防风的巨幅标签——躁郁症患者。

开车时，我常常产生幻觉，然而周围并没有车辆驶过。遇到加塞的汽车时，我就气愤地长摁喇叭，全然不顾这种行为给环境制造了噪声；前方无车的时候，又很想猛踩油门，从桥上冲下去——这个念头把我自己吓坏了，一后背的冷汗。即便是在赛车的赛道里，我也从来都是想安全第一。

回到家，我熬夜查阅躁郁症究竟是个什么玩意儿，查阅每种药的作用和副作用。越查，我越不服气。我对自己生气，非常大的火气，直蹿头顶。此时，出现的任何人都会成为我的出气筒。我一边心中感激任何一个在得知我生病后仍给予我陪伴的人,一边更加把控不住自己的情绪,让关心我的人干着急。自责、质疑、愤怒且不甘心——我不信,怎么可能?!

但我不得不一次次地告诉自己:"好,我接受这个事实。我吃药。我要像爸爸一样,坚强、勇敢。"对爸爸的想念,使我更加难受。温暖的花房倒塌,我站在暴风中,巨雷鸣起,我却无处可逃。

服药的副作用——低烧、呕吐、便秘、起痘、丧失食欲、失语、情绪失控、想一了百了……对,躁郁症的治疗作用就是这么矛盾。它像是现实的映射,将生命的种种矛盾都赤裸裸地摆在我面前。

我一直在意的体重,在我服药的第三个月,骤降了十多斤。很多年来我的体重维持在相当健康的九十多斤,然而现在的我瘦得近乎只剩一把骨头,看上去就像一个易碎的玻璃花瓶。立夏时,我还穿着秋裤——我无法忍受这样的自己,感觉自己几近油尽灯枯。

我讨厌那具从内向外散发寒冷的身体,讨厌丧失自由的灵魂。我目之所及的世界是黑洞。

当我在药物的作用下得以平静的时候,我开始怀念写作的状态。我想,也许写作能救我。

为了有力气也能平静地写作,我吃饭,运动,也坚持吃药。药物不断地调整,在它们调整到让身体最舒服之前,我的身体必须反反复复地适应新药和经历停药的痛苦。

我开始理解为什么有那么多病人扔药、擅自断药,也理解了为什么每次医生都要嘱咐我——你要按时、按量吃药。每天,我都硬着头皮遵医嘱。我安慰自己:"吃完药,我就可以睡一会儿了。"然而药物和身体上的伤疤都在时刻提醒着我——我病了。这种心理暗示使我感觉自己病得更重了。

"真想久久地睡去,那样就不会痛苦了。"

我十分悲观,我从未如此悲观过。我把自己丢了,那个乐观的、积极的自己……

我又宽慰自己:"谁都有厌世的时候吧。"

遵医嘱,就会慢慢好起来吗?那些药,碳酸锂、劳拉西泮片、富马酸喹硫平片、拉莫三嗪、枸橼酸坦度螺酮片……我把药物的照片发给编辑:"你瞧,我吃这么多种药。"

她说:"这些药名……"

她把我逗笑了。

因为这场病,我认识了更多的字。

* * *

尽管每个月例行的血液、大脑和心脏的检查仍使我感到紧张,但我的身体慢慢地适应了药物。让我欣喜的是,它们的副作用也在逐渐减轻。

每天晚上行步万米的时候,我都会随手拍下一些往常未被我发现的细枝末节,然后把照片发给编辑。

编辑总是陪着我,她是一个天使。但我知道,无论是谁向我伸出拯救的手,我都要自己努力从黑洞中爬出去。

我开始思考,为什么我会得病?

性格使然。

看看我做的事情,徒步进藏、玩赛车、写作,哪一个不是冒险游戏呢?我喜欢让自己投身在容易发生死亡的事件中。我格外享受它们所带来的快感,它们是那样极端。

而另一方面我又是温柔的、安静的。我善于抽身于喧闹中,那种"出世"的感觉让我觉得自己挺超脱。

编辑对我说:"你所说的'想开了',是一种伪超脱。"

她一语中的。

我见证了爸爸的死亡，那种逐渐丧失生的尊严、自由，直至死亡终结的痛苦。

倘若我真的不惧怕死亡，真的是一个悲观的人，那么我就不会主动去看病了。我想，一定是痛苦将我的求生欲蒙蔽住，使我以为自己"看开了"。

当我看到一个中年妇女骑着装满废品的三轮车，拼尽全力过马路时，当我想到有人不惜以生命为代价去探索星际，我却在做着伤害自己的事情时，我感到自己简直就是一个"废物点心"。

走在余晖中，西落的太阳是橘色的。我仿佛看到了那个徒步进藏的自己。只因为坚持比放弃多了一点点——这不是我自己说过的话吗？

是，我一直在变。但生活中的种种难，它们不该是我主动选择死亡的借口。

当佯装的超脱被剥开时，我的身体在慢慢康复。灵魂是喜欢诚实的。

编辑说："我喜欢你现在的状态，每天早起，上午写作，下午休息，晚上走路。"

我也喜欢。

我开始为自己感到开心。

开始吃药之后,我每周都去社区医院的理疗科按摩。

大夫说:"你再瘦下去,就没法儿按摩了。前些天你妈妈来理疗,聊起你,她很着急。"

我惊呼:"千万不要再和她提了,她现在最苦恼的就是这件事。"

大夫笑着说:"你和阿姨真逗,两个人互相担心。她担心你瘦,你担心她为你着急。"

我说:"一家人就是这样啊。"

大夫说:"我让她给你做些牛肉,你要努力恢复。现在真的是'我见犹怜'。"

我笑着说:"我说她怎么今天炖牛肉,隔天酱牛肉的,原来是您指导的。"

想到妈妈,我十分自责。我吃饭吃得少了,起初,她以为我在减肥。但我瘦的速度太快,快到让她觉得这有些反常,她又开始变着法儿地给我做好吃的:"你要是现在不饿,就饿的时候再吃。"她总是这么尊重我。

而我却在欺骗她。

我会在早七点和晚六点，妈妈遛狗的时候"吃饭"。所谓的吃饭，就是背着妈妈把食物倒进马桶，让她以为我吃了。"你不告诉妈妈吗？"编辑问。

"她好不容易从失去爱人的黑洞里爬出来，要是再掉入我生病的黑洞里，那对她来说，太残忍了。"

"万一被妈妈忽然发现，不是更不好吗？"

"我担心啊，所以为了避免她发现，我把看病的单据都放在汽车里，她从来不开车。那些药盒和药的说明书都被我撕得稀碎，并且我勤于扔垃圾，为此她还说我越来越有洁癖。"

为了减轻她对我的担心，我会买许多食物，大多是饼干和点心，面不改色地说："我写东西的时候，当零嘴儿吃。"

有天，她见我的胳膊肘肿了起来，惊呼："你这是怎么弄的呀？"

我做若无其事状，答道："嘻，不小心碰到的。"

她递给我一条热毛巾："赶紧敷敷！三十好几的人了，还这么不小心。"

我一边热敷静脉抽血的瘀青，一边暗暗观察她，我的心里打起了鼓……谎言呀，总会被戳破的。

生病后，我开始理解爸爸妈妈为何在得知自己生病时，总是一次次地说:"没事儿,没事儿。"人在生病的时候会展现无私的一面。爸爸的离世和疫情的突发,使我看到了妈妈强烈的求生欲和好好生活的决心。而此时,他们就是我的动力,我要好起来。只有这样,他们和我才会真正地安心。

* * *

次日,我穿着新衬衫检查书包和电脑准备出门。

妈妈说:"你这件衬衫够大的呀!"

我说:"今年流行。"

妈妈哈哈一笑:"真理解不了现在的时髦,我们年轻那会儿都流行穿显身材的衣服。"

"您现在也可以穿呀!"我和妈妈打趣道。

妈妈拍了拍自己的肚子,撇了撇嘴:"我最近又胖了,你爸要是在,肯定又要笑话我一番。"

下午归家,送给妈妈的花束送到了。

妈妈见我才进门,水都没顾上喝一口就忙着打理花束,嘟囔起来:"咱家的花够多了,你怎么又瞎花钱?"

我端着花瓶说:"这不快到母亲节了吗?"

妈妈嚷嚷道："你隔三岔五就给我花钱，不许再给我买东西了。"

她把那束花摆在了客厅的一角："哎呀，真好看。"

看见妈妈笑，我也开心了起来。我希望她知道我生病这件事时，我能坚定地告诉她——妈妈，我已经好多啦！

我知道她一定会说："你真是和你爸一样一样的，主意怎么这么大呀。我还是不是你妈了，生病都不告诉我？"然后摸一摸麦扣的脑袋，柔声细语道，"还是麦扣好，麦扣从来不瞒我。"

当我放下自我毁灭的念头时，看到一团光亮在闪动。我要和妈妈，也向自己道个歉。

05
活得更久和活得高质量，你想要哪样

无常大抵是正常。

"我怎么还醒着？"

睡眠总是在夜里和我捉迷藏，它越藏，我越找，我真是累呀！

找着，寻着，睡眠被我弄丢了。

太阳出来了，它说它要陪我玩一会儿，它比我善良。

我的好朋友和太阳一样善良，他们关心我。而我是一个坏人，我把自己藏起来，辜负着他们的一片好意。

编辑在2019年的初夏和我说："你出去走走。"立秋后，我想通了。

我走出了家门。咖啡馆的舒适桌椅成为我的写作台。当我写作时，常常忘记时间，以至于站起身时，双手解脱，双腿发软。我几近虚脱，但为之动容，我可以专注这么久。

闭关在家的写作总在深夜，我不需要说话。而当我在咖啡馆的门外抽烟时，偶尔和烟友聊上几句。他们其中有编剧、店员、老板两口子、老板的父亲、打发时间的人和与我一样在此工作的人。无关对方姓甚名谁，只关于天气和新闻的闲聊，使我感到轻松，也使我发现，原来，我还没有把嘴巴搞丢。

我珍惜着每一次的轻松感，那是一件难得的事情。

一场下了大半个夜的雨，使咖啡馆门外的街道铺满了梧桐树的落叶，踩上去"嘎吱、嘎吱"的。我独自在室外解乏的时候，抽着烟，偶尔思考，时而乱看。

一只拖把倒挂在树干上。

五辆自行车叠在一起，倒在地上睡觉。

一辆电动车的座椅丢了，它一生气，不愿再被骑。

过路人穿着外套，我的手掌也缩进了袖口，夹着烟的手指头凉凉的。

我思考着究竟为何写作。思考久了，就变成了发呆。闭关久了，自我就成了一种束缚。我想，现如今走出家门，写作也好，发呆也罢，都是好事儿。

生命中的种种课题，就让它们在经历中自然而然地解答吧。找得到是幸运，找不到也正常。急不得，急也没用。

一支烟，又一支烟。

烟友也出来"放风"了。

他知我是八零后，我知他是九零后，其他，所知不多。也许正是这份人与人之间的陌生感，使我们像老友一样自在。只是，此刻聊起的话题有些沉重。

"活得更久和活得高质量，你想要哪样活着？"我问，对这个脱口而出的问题，丝毫未觉唐突。

他对此没有表示出惊讶。他说："我想活得更久些，那样就可以见证很多事情。"

我说："比如移民火星？"

他说："对，诸如此类。能看到时代变化，是件很了不起的事情。"

沉重的话题常常被草草收场。但他问我："那你呢？"

我的心思似乎被他察觉了。

我想，出门和聊天，或许就是在找回一种自由吧。

打火机的火苗在风中跳着摇摆舞。我说:"高质量地活一段时间吧。"

他先是一愣,然后说:"好吧。"

我低头一瞧,他的脚踝露出一圈肌肤。我心想,年轻真好。

回到屋里,各坐其位。我写作,他看书,互不打扰。

我的双手被茶杯焐热。

我想,爸爸会渴望怎样活?

疲惫感直蹿头顶,不知不觉已过下午四点,虚脱感使我意识到,我该歇歇了。

写着,歇着,2020年的元旦过去了。

写作之余,我吃药,休息,努力睡觉。但体内的躁动在我的心上跳蹦蹦床,那就出门随便走走吧。

我裹得严实。戴上口罩,它是一张面具,掩盖着我的倦容。沿着西大望路,我有时西行,有时南行,再左拐或右拐至不同街名的路上。不赶路,我四处乱看。

一辆汽车的尾号是EX444,我心想,这是对前任有多大的仇怨?

一处没有招牌的房子前,一张旧旧的椅子摆在那里——

那是王的宝座，王是天下最孤独的人。

一只小熊玩偶挂在一辆摩托车上，每每相遇，它总是那么干净。

九龙山地铁站的每个出口都有一排排自行车，但总有三五辆任性地反向停着。

路边的墙皮脱落，它们受伤了。

一辆三轮车的车尾粘着绿色的胶布，停在路边，计划着修修补补又三年。

西大望路的一座高楼，它的外立面像一个滑梯。

公交车的灯箱挂着一幅公益海报："今天你微笑了吗？"

暮色时分，拉着行李箱的年轻女人回头望着，像是在寻找什么。

三个男人站在烧烤店的门外，抽烟。一位牵着两只狗狗的老爷爷从他们的身旁走过。

一辆电动车的座椅低垂着，像一个在躺椅上睡着的老妇人。

一棵树的枝干上悬挂着一张警示牌："植物脆弱，请勿攀爬。"

圆形的路障倾斜四十度,展示着平衡的美感。

一家整容医院的广告语:"你,让世界更美。"——这真幽默。

开车途经许多次的弘燕路,我曾经从未察觉它是如此安静。若不是在这条路上散步,我都没注意到那座路边的大时钟,它和我有着五分钟的时差。忽地,我想起家中和汽车的时钟被爸爸调快了五分钟。

时间像是在倒带,又像是在快进。

……

摘下耳机的我,坐在路边的木椅上歇脚,让耳朵休息休息。我想,原来路上有那么多有趣的人和事。

一个老奶奶和一个小男孩在我的身边坐下,近距离使我耳闻他们的对话。老人说:"你妈妈小时候,吃完晚饭,我和你姥爷就带她出去遛弯。"

"我也喜欢遛弯,遛弯好玩。"小男孩说。

老人从兜里掏出一条淡橘色的手绢,擦汗。

小男孩跪在木椅上,东张西望。他也看看我,朝我羞涩地笑。

我朝着家的方向走,一边走,一边取笑自己:"这些天一笔未动，双脚倒是忙碌。一万步若是能换算成一万字，该是多么好呢？"

途中路过一家花店，它开在西大望路，营业到晚九点。我买了一束红色的康乃馨。推开门，一阵风打到我的身上，它提醒着我：赶紧回家，外面怪冷的。

晚饭后，看了一部纪录片——有"河中杀手"之称的六须鲶鱼总是悄无声息地将鱼群围攻至河边，猎物无处可逃之际就是将它们一网打尽之时。

人生中有许多"想不到"的事情，无常大抵是正常。

爸爸在的时候，不失眠的我常常熬夜。看上去挺健康的他总要在睡觉前，不厌其烦地和我念叨："熬夜不好，你要早点睡。"当爸爸病重时，又换成我唠叨不停了："您睡一会儿，就一会儿。"难以入睡的时候才明白：睡得好，活得质量便高一些。

我躺进被窝，决定明天打起精神，活动活动手指，继续写作，写累了就回家。家里多舒服啊，再睡个安稳觉。

晚安。

06
医生是不会乱揍人的

要怎样，又怎样？

1月8日 晴 北京安定医院

"我要是控制得了情绪，我还来这里干吗？"

穿着红色羽绒服的少女在北京安定医院的心理检查科室将她娇嫩的双手砸向白墙。"咚、咚、咚"，几声巨响后，她奔跑出去，像一只逃难的小鹿。

我像一只蜗牛紧紧靠在墙壁上，低着头，偷偷瞥她，我担心被围观的她会因为目光聚焦在她的脸上而情绪更加失控。但人在失控的时候是对空间里的一切人、事、物都看不到的，我的担心是多余的。

　　我的心里一直重复她说的那句话，她说得对，如果我们能控制情绪，就不会来这里求助了。

　　安定医院比我想象中有秩序。尽管我在到达的一层和二层时都亲眼看见了失控之人的嘶吼、痛哭、狂奔和砸墙，但更多的是保持沉默的人，当目光与目光不小心撞到一起时，他们都会迅速低头，以逃开注视。

　　我十分难受。

　　如果说人群让我感到害怕，使我想缩进家里的被窝中一动不动，那么安定医院的气场就像是一片暗涌着浪花的死海，我再一次丧失了分辨人群的能力，他们像是一根根移动的木头，或高或矮。我的喉咙像卡了一块大石头，说不出来话。但我能听到很尖锐的声音，像是粉笔快速地划过黑板。

　　当测试脑电图和心电图的仪器接触我的身体时，眼泪就淌了出来，心跳很快，我十分紧张。

　　"等你好些了，就来复查哦。"初次见面的大夫和我说道。她的声音真温柔啊。

　　整整一个下午的检查使我的情绪坠入谷底，然而复诊医生只是静静地坐在那里，就使我打开了话匣子。

"从爸爸生病到去世，再到今天，已经快一年了，我一直在压抑自己的情绪，不在家人面前哭泣，以让妈妈和所有人相信我是坚强的。写书是我宣泄情绪的方式。难受的时候，我十分害怕人群，只想逃跑，想躲起来。我又觉得自己很多余，特别担心自己给人添麻烦。食欲一会儿高，一会儿完全没有。亢奋的时候想出去玩，讲话停不下来。然而又一瞬间非常抗拒所有人，能见面的，只有我的编辑。可是去年的十月底，我竟然飞去了上海，给我的闺密过生日，我整晚都在笑，特别亢奋，还喜欢了一个人。我的各种欲望极高涨，控制不住。

"有一段时间，我晚上写东西，白天在不拉开窗帘的房间里躺着，差不多持续了三个月。然后生了一场病，重感冒持续了有两周，好了以后倒是可以晚上睡觉了，入睡还是很难，但连续睡三四个小时倒是没什么问题。"

大夫轻声细语地说："你这应该是遇到家中变故后的应激反应。从你的各项检查和你的陈述来看，你是比较明显的双相情感障碍，也就是躁郁症。没有人知道你会在什么时候从抑郁期进入躁狂期，但这个是没有过渡期的，你应该能有这种意识。你目前的情况是需要药物干预的。当然，如果你抗拒药物，那么你会一直反复下去，没有人知道最艰难的时刻什么时候到来，但服药会帮助你。"

我点头，说："我的经验是心理疗愈，药物治疗和运动结合起来才会让病情得到控制，有所好转。不能对自己的能力妄自菲薄，但也不能自视过高。我来这里，就是不想放弃自己。但我十分痛苦……经常出现眼神失焦，幻听和幻觉，即使现在与您进行如此安逸的谈话，我也十分想哭，但我不知道为什么。之所以痛苦，可能是因为对它具有强烈的意识吧，我还没有琢磨明白。"

"我理解你的痛苦，我能帮你的就是给你开出适合你当下服用的药量，你一定不要自作主张减量或者增量。半个月之后来复查，到时候，我会给你调整药的，兴许那时候，你就好些了。"大夫的话总是能给我巨大安慰。

当我从医院走出来时，天色渐黑。我的心情一如北京寒冬的西北风。不知道我的朋友们会不会在得知我得了躁郁症后而疏远我，我会不会成为他们的负担？尽管我十分害怕会失去他们，但还是决定把病情告诉要好的朋友。

我需要他们。

到家时，天色已黑。在已经停入车位的车里和三个要好的朋友聊了这个事情,他们都鼓励我要好好吃药之后,我感觉自己像个宝宝,这种被叮咛的感觉让我相信自己被爱着。

我不知道睡着的时候是几点,大概凌晨三点。再醒来,天已经亮了。阳光很足,天十分蓝。从今天起,我要开始服药了。白色和绿色的药片,分别在早、中、晚和睡前的四个时段服用。

吃过中午的半片药,我开始洗衣服,归置家务,网购年货,喝光了今天的第一杯美式咖啡之后,我躺在床上为昨晚度过的艰难时刻而感恩生命的自愈力。

一想到药物治疗期间无法饮酒,我就有些失落。但还好,我似乎能控制自己不喝酒,但不喝咖啡和茶,我很难做到。当我举起装着不被建议饮用的水时,医生的话成为我这样做的借口——最好不喝,但实在想喝,就在下午两点前喝。

总归还是有回旋的余地,哪怕是一点点,这让我感到一丝欣慰。

当蓝牙音箱自动播放了 *My Funny Valentine*(歌曲《我滑稽的情人》),我十分想念X。想起X对我笑,紧紧抱住我,我就开心了起来。

患有精神疾病的人需要独立的空间去释放,去深层放松，但如果我一个人住，恐怕我就会绝食了。说到底，虽然我不想被当作病人，但我的内心渴望被呵护，被爱。

吃饭要努力，不然药的副作用会让我的身体十分痛苦。

每个开心的时刻都值得我铭记。而那些痛苦的时刻，我不知道它们又会什么时候到来。

天又黑了，寒冬什么时候才能过去？

我不知道今晚我会因为黑夜而感到平静，还是一如昨日，再一次十分难受。我要去吃点东西，然后把晚饭后和睡前的药都吃了。谁能相信看起来好好的一个人会得精神病，必须吃药呢？寻死觅活，生命真奇妙。

我不知道我会不会哪天抗拒吃药，希望不需要吃药的那一天早些到来，那是真正的重生。

5月13日　晴　北京安定医院

先前每一次的复查前，我都要和编辑说："过几天又要去医院，真是烦死了！"

复查让我感觉自己是一个快要散架的提线木偶。虽然嘴上不停抱怨着，但我都还是按时去了，我可真矛盾！

更可笑的是，如果我不是想康复，不是想活下去，我去医院干吗呢？谁没事儿闲得让自己往医院跑，或一个月，或半个月，时不时地还要检查心、脑、血，再吞下各种药。四个多月下来，不断调整的药物最多时要在同一天吃五种，我常常忘记自己吃没吃过药，不得不用一个笔记本专门记录药物的服用情况。

将近半年的药物治疗使副作用减轻了不少。身体负担的减轻使我的心平静了一些，复查也就变得习以为常了。但当我身轻如燕地从车上跳下来时，门诊楼里的密集人群又开始使我烦躁。疾步上到二层，如此短的距离，遇到了三个失控到叫喊的人。我麻利地戴上耳机，在专家诊室外等待着。

入耳的是喜欢的歌曲，但身边的一个女孩让我再一次烦躁。她一直晃动身体，左摇右摆的样子像一个加速的大摆钟。我皱着眉头转过身，入眼的是一个男孩，他的脑袋一直在撞墙，撞得很轻，但很有节奏。

"真是烦人！"我不得不掏出手机，不断地切换歌曲。我想，曲库也被我烦死了。

终于轮到我复查了。

"你这周感觉怎么样?"医生问。

我答:"我不确定是不是切换到了躁狂期,我又开始很能写,有说不完的话。可是我又觉得这也可能是因为编辑把我骂了一顿,我突然醒悟了,才会大变样。"

医生相继问了我的用药、心情、生活状态等等。

我说了好长一段话,我和医生有说不完的话。

"刚刚我就很烦躁,想让那些人闭嘴,别再晃来晃去了。当别人就一件事反复和我说的时候,我就会很烦。每天写作到下午两点,最迟也在三点结束了,但午睡的计划从来没实现过。运动以后会平静许多,我从中得到了好处,也习惯了每天晚上走走,至少走六公里。挺久没有性生活了,前段时间我根本不会想到这件事。昨天我还发了朋友圈,但就像吃完碳酸锂,手抖得很厉害,完全控制不住。睡觉倒是沉了一些,但还是只能睡三四个小时就醒。我不像先前那么悲观了,变得很乐观,就和没得病的时候一样,不过那是很早之前了,爸爸去世前。"

医生耐心地听着。

"而且我现在能和人交流,虽然还是有些话表达不出来卡在心里面,但确实好些了。"我有些得意,"哦,我还开了车，来回差不多三公里，感觉还行。不过我今天没开车哦，我怕您骂我。"

医生笑了："按你的描述来说，不排除你现在进入了躁狂期，但不太严重。你的精神比之前好了一些，之前你比较失神，和我也没这么多话。"

我笑着说："以前看到您很紧张，心里的话就说不出来。但现在好多了。"

医生拿着我监测了两周的血压和心率表格，问道："你现在还会感到心脏绞痛吗？你的心率和血压一直都是这样低吗？你去检查心脏了吗？戴一个Holter（动态心电图）。"

一连串的问题使我再一次陷入失语状态，口罩使医生看不到我不停地舔嘴唇。我的语言又变成了三个字，最多五个字——差不多、偶尔会。

我见医生拿着七管子血的血象报告，幻想着能听到她说："可以减药了。"然而我听到的是："你的个别指标不太好，当然了，也有药物相互作用的原因。指标正常的药，你维持原剂量。其他的药，你得增量。吃一段时间，我们再检查，检查完，再看情况。"

我有些失落，又要检查，又抽七管子血吗……

我问:"正常值了,不可以断药吗?"

医生先是一笑,耐心地解释:"但也要再吃一段时间,断药是以后的事情,你先不要去想。"

医生的最后一个问题让我觉得自己就是一个大傻子。她说:"你把你接下来两周要吃的药,和我重复一遍。"

我回答有些慢。但还好,都答对了。我长吁一口气:"天哪,这要是答不对,会不会惹大夫不高兴揍我哦?"

当然了,医生是不会那么做的。

取药的队伍排得很长,又有一个女孩在嚷嚷。为什么有这么多的人会失控?我好怕自己有一天也会在大庭广众之下忘我地大喊大叫。可又突然为自己有恐惧感而感到开心,有情绪就是好事儿呀!活成一摊死水才最可怕吧。

走出医院,今天又是阳光明媚的一天!

吃药以来,我的身体变得更加敏感,紫外线会让暴露在阳光下的肌肤发痒,我和自己生气:"我现在怎么哪儿哪儿都不健康,就是一个大事儿妈!"

还好,我有口罩、眼镜、遮阳帽,我把外套的帽子也戴上了,在五月的天气里,我的秋裤终于脱了。

走了另一条路,那是一条沿着河的,有着树荫的小道,它很窄，但有着花花草草，它们使我感到平静——就这样走下去吧，花香做伴，树木为友，十分安静。

河边的垂钓老人使我的眼眶湿润，我的爸爸也喜欢钓鱼。空间和时间总是轻易地使我想到爸爸。

一位老爷爷走在我的前面，他走得不慌不忙，十分稳健，像是一帧帧电影画面，阳光时而照在地上，时而被茂盛的树叶遮住。一个人从年轻气盛走成了白发苍苍。

我也要回家了，我正走在回家的路上。

草坪里立着一个小牌子——小草很可爱，请你别伤害。

我应和它们一样，尽管有被伤害的可能，但也要好好地活下去。

当我在十字路口等待红灯转成绿灯时，那红灯仿佛就是生病的我，我盼望着我的身体转成绿灯。那时，我会重新爱上这个世界吧。

我们只是生病了，只要没有发生死亡，失控就是暂时的，而那些折磨身心的病痛是在一次次地激发蕴藏在我们体内的能量。

然后，我将带着对我们的理解，平静地推开白色的门，坐在医生的对面，听她说："你又好了些呢。"

7月24日　晴　北京安定医院

"难得心情这么好啊……"酷暑没有让我感到烦躁。

是气候的变化使情绪波动变大了吗？入夏后，来医院就诊的病人多了些。大厅虽算不上拥挤，但需要挪动身体给人让路。我突然有些犯恶心，这种生理反应，让我束手无策，我像一只大猩猩开始不停地捶打胸口。

离开诊还有五分钟。专家分诊台，一个头发花白的大叔和护士嚷嚷了起来，我听不清楚他在说什么。我想，芝麻绿豆的小事都能让我们的情绪失控吧。

就在我准备戴上耳机躲避吵闹的时候，"咔、咔、咔"，低沉的声音吸引了我的注意。我循声看去，一双脚被粗粗的铁链拴着，挪动起来很吃力，那是一副脚镣。我抬眼，"看守所"三个醒目的白色大字印在橘红色的背心上。穿着它的是一个年轻的男孩，他背在身后的双手戴着一副手铐。四个警察跟在他的身后，走进了专家诊区。

大堂的人，更多了。我提前走进了诊区。当我疾步在诊区寻找医生的诊室时，我像一只迷路的小羊。我的余光瞥见不少人在看我，除了那个被警察看守着的男孩。他始终保持着一个姿势，垂着脑袋，站得笔直，口罩使我看不清他的长相。我猜想着，他是来这里做司法鉴定的吗？此时此刻，他是忐忑不安还是心如止水？

如果你问我去精神科除了带必要的物品以外还有什么是一定要带的，我会回答："帽子和耳机。它们有助于躲开那些投向自己的目光，也不必被那些失控的声音扰乱心情。"

还好，我今天没有忘记戴耳机。音量被调到最大，我听不到音乐以外的其他声音，包括我急促的呼吸声。

诊区的人多了起来，走廊变得拥挤，那种局促感使我的恶心感更强了。我跑去卫生间，干呕。这真让我沮丧。

重回诊区，我从白色大门的长方形玻璃往诊室里看，当我看到医生的那一瞬间，眼泪决堤，双手剧烈地抖动起来，我越是抗拒这种状态，身体反应越是强烈。我的心像被猫咪狂抓过的墙。快点儿叫我进诊室吧。

我的左手攥着湿了的纸巾，右手拿着的挂号单也皱成了一团。

"你过得怎么样？"熟悉的声音传入我的耳朵，医生的笑容真温柔。

我有些哽咽："终于见到您了。"

我知道我的神情难以掩饰我的不安,尽管我在努力克制情绪。

我的话匣子啪地打开了。

"最近这段时间过得不是太好,有些打不起精神,也很容易发脾气。要么睡不着,要么睡着了,夜里也会惊醒几次。和刚生病时的状态有点儿像,但是没那时候严重。上个月接到您停诊的消息,我特别难过,很担心自己没救了。前些天收到您出诊的消息时,我开心极了,特别想见到您,攒了一肚子话想和您说。"

医生说:"因为疫情防控,我们的出诊时间都做出了调整。"

我说:"一想到不是您给我瞧病,我就特别焦虑。但我就是不想换医生,死犟死犟的。可是有的药吃没了,我又很恐慌……"

医生的眼睛瞪大了,她问道:"你是断药了吗?什么药没了?停了多久?"

我被问得有些害怕,但还是选择了全盘托出。

她严肃起来:"你擅自断药是不对的,不管出于什么原因。你断药以后,所有的药需要重新调配,对你的治疗十分不利。"

医生看出了我的恐慌，她的语气恢复了温和："我们接着聊聊你的近况。"

我的心脏"扑通、扑通"地跳，我深呼吸了三次，继续说了下去："月中旬时，妈妈做了一个小手术，我有一种'屋漏偏逢连夜雨'的感觉，特别无奈，心里很乱，想撞墙。可是我安排事情的时候，又特别理智，像一个没有感情也没有情绪的机器人。她住院的那几天，我就想如果妈妈也走了，我该怎么办呢？无解，也不敢深想。还好，她的手术很顺利，我长舒了一口气。前些天，我见了一个朋友，和他的交流很顺畅也很开心，当然也可能是因为聊天对象是他，不是别人吧。书的修改思路特别清晰，可能和书稿快要完成了有关系。我的一个朋友去世了，得知这个消息时，我特别难过。他走的前两天还给我发信息鼓励我：'今天也要好好的。'但我转念一想，他终于可以睡觉了，我又觉得挺好的，再也不会痛苦了，纠结了。"

"你也有这种想法吗？"——这个问题，让我紧张。

医生的眼睛十分清澈，我不想欺骗她："之前有过这种想法，不止一次。"

医生耐心地听我陈述了近期的种种状态后，嘱咐道："我理解你，但你真的不要再停药了。"

我看着医生敲击键盘，打印单据，我猛咽口水。

我对精神科的医生有些好奇："您的情绪都是自己疏导吗？"

她笑着说："就拿今天来说，我昨天晚上值夜班，今天上午在病房，下午出门诊，休息时间很少。每个人都有自己要面临的问题，心态也都不一样。所以，除了药物治疗以外，你也要调整自己的心态。你说运动会让你舒服很多，那就把适合你、对你有帮助的方式坚持下去。我理解你'看到食物就饱了'，但你现在太瘦了，还是要努力吃，享用美食对情绪有调节作用。无论怎样都要按时、按量服药。好不好？"

"好！"我感觉自己得救了，如沐春风。

走出诊区，我跑向卫生间，吐了。走出医院，午后两点的空气像一团火在燃烧。释放是一件特别舒心的事情。

我仰头凝视这座挂着"安定"二字的灰色建筑物，和往常一样，想尽快离开这里，回家。

今天的天很蓝，我摘下口罩，近乎喊了出来——是啊，无论怎样，都要坚持下去啊！

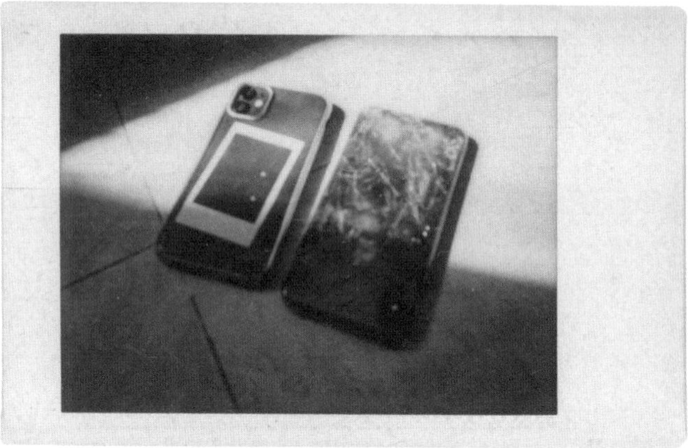

07

给X的情书

笔尖的味道是甜的吗？

X:

　　……

　　前些天，我到北京南站接回京的妈妈时，特意早到了些，我不想让她等。疫情使车站空荡荡的，肩膀不会被脚步匆忙的人撞到。我随意走了走，走到一层的进站安检口，我有些恍惚。

　　我仿佛看到了大年三十的下午，我送你来这里。大堂拥挤，都是赶着坐火车回家过年的人。

　　进了安检口的你，回过头，朝我笑。你站在去往二层的扶梯上，回过头看向我，我们离得太远了，我看不清你的表情。你的手朝我一挥，我的眼泪就奔涌而下。我有一种直觉，我们再也见不到了。

那天，你没有看到我哭哭啼啼的样子。今天，也一样。我产生了幻觉——我的肩膀被轻轻地拍了拍，我猛地回头，你站在我的身后，手臂张开，朝我笑。当我想要扎进你的怀里时，天旋地转。治疗初期的那一系列生理反应又出现了，我捂住耳朵，呼吸加速，身体靠住那堵将我们阻隔开的玻璃门，下沉。

我四处找你。四处无你。

眼泪淋湿了口罩，我一把将它拉下，常备在兜里的药片险些被我抖到地上。随后，我往嘴里塞了一块巧克力。

我实在太害怕了。怕冷，也怕我们的情分被毁掉。我越是想放下你，也放过自己时，我越痛苦。

冬天的记忆在夏天涌来。

爱情总是突然发生。

我不想错过好朋友的生日，写作也使我有些累了，我想透透气。我没料到正是那场聚会使性格和兴趣爱好完全不同的我们有了想要靠近彼此的初心。

我有些蒙。

那个打开我心门的人为什么是你呢？你喜欢的，我不曾关注。我喜欢的，你没有概念。不仅仅是好朋友，就连你本人都说："你和我以前喜欢的人完全不一样。"

强烈的新鲜感使我们想要跨越一切的不可能。但我有一种怕，我还没有从失去爸爸的悲痛中走出来，我想，如果再受伤，一定会要了我的命吧。

我已经太久没有频繁使用手机，太久没有对着聊天对话框傻笑，也太久没有那种"虽然有些怕，但还是想靠近"的怦然心动了。

当这些"太久没有"变成了"此时此刻正在发生"时，我确定了对你的好感。在那一瞬间，我不再是一颗黯淡星，我在发光。

我无时无刻不在想念着你，我想不顾一切地和你在一起。我也想自己和曾经一样，敢爱敢恨。

激情如同想要逃出牢笼的猛兽一般。时间不被校准，我们的远距离相处是那么愉悦。

* * *

我选择了赌一把。

当我坐上了火车，离你越来越近时，我想，这是我的一时冲动也好，是我在给自己找一个离开北京的浪漫理由也罢，即便这是一场对悲痛的逃离，但我确定我的心里装着对新生活的希望。

车窗外的风景有着冬天的苍凉，但它们在我的眼中有着春天的气息。我在心里对爸爸说："我要开始新生活了。"

但当我在车站见到你，我像是被浇了一盆冷水。我告诉自己："一定是你太累了，所以才没有和我一样兴奋。"

"我也挺累的。"——我把这句话咽进了肚子里。我是习惯了压抑吗？可能吧。

相比我到新环境的感受，你更在意你的家有没有因为我的到来而变得不一样。"我习惯了一个人生活。"你和我说。

我身边的独居朋友常常把这句话挂在嘴边，它成为不恋爱、不同居、不结婚的理由——"在一起住三五天还可以，再久就有些不自在了，可能是一个人住得习惯了，比较独立。"

我怎么会不理解呢？

但现实和想象的差距还是让我有些委屈——我如约而

至，此时此刻却像一个闯入者。

安全感丧失一半。

展示脆弱，近乎"断送"性命，我不想送命。

当你对酒后失控的我说了"我处理不了你的情绪"之后，我想象中的新生活，崩塌了。我比在北京时更加没有安全感，失眠也更加严重，甚至产生了幻听。心里乱糟糟，我无法写作，出门也再次成为一件艰难的事。

当我表达对人群的恐惧，渴望能听到一句"没关系，我陪你"时，你的回应让我彻底崩溃了——"你把我的周末都毁了。"

我的脑子里开始盘旋"都毁了"这三个字。

我缩在卧室的角落里。我很自责。我想，都是我不好，你原本可以开开心心地过周末。

我安慰自己。爱情——隔江不怕，我坐船去见你。如果今天的船票刚好卖光了，那我就在第二天的清晨去排队，坐最早的那一班船渡江，然后我们一起去吃早饭。在分别前，我们一定会奔跑的，跑向彼此，然后手牵手去散步，去看电影，或是一起喝酒。

我们最后一次喝酒是在你家，那时候我还没有被确诊。

独自走在湿冷的夜上海的我,因为想着要回家和你一起制作小甜酒Sangria(桑格利亚汽酒,一种西班牙聚会饮品),所以我不那么害怕人群了。

很快,我们又和好了。

但我的情绪开始忽高忽低,变来变去,一会儿像窜天猴一样飞天,一会儿又像一颗深水炸弹在水底爆炸,还总产生奇奇怪怪的想法。别说是你,我拿自己也没了办法。你不在家里的时候,我常常哭到没有力气拿纸巾擦眼泪,晚上你回到家里,我不想让你看到如此狼狈的我。我想,留在这里,只会更糟糕。

我又为逃离找到了理由——我觉得我病了。

我决定回北京,回去看病。当你得知这一消息后,你的表情难掩难过之情,你说:"我适应了两个人的生活,你却要走了。"

在北京安定医院,我被确诊为比抑郁症更要命的躁郁症。我一时无法接受这个事实,我迁怒于你,痛诉你对我的种种不善良,你被我吓坏了。

你安慰我:"是我对你不够好。"你说,"你不会放弃你,我也不会放弃你。"

我把你当作了救命稻草。

我的眼睛很酸也很痛,但一想到能和你说会儿话,我就守着手机。

而你也为了让我感受到关爱,和我有着跨越黑夜的287分钟、235分钟、500分钟的通话时长。我们在各自的城市睡去,这真是久违的、难得的平静。

你知道我渴望陪伴,于是你几度坐最早班的飞机到北京看望我,出差时给我写长长的信。你的每一次问候都让我温暖。

你克服阅读障碍,查阅躁郁症的相关资料。你像是一个医生,问了我许多问题,和我讲如何治疗。你的好心,却让我的躁狂发作。

你希望我快些好起来,我当然知道。但这些话都在暗示我病得很重,我激烈地和你说——不要再和我说这些了。因为我不想被你当作一个精神病人。

我知道你喜欢发光的我,我也喜欢。虽然发光的我也是不完美的,但至少我是健康的。我的脆弱,我生了病的灵魂啊!

我只想被温柔对待。

当我得知你要在除夕前一天来北京看望我时，我开心极了。你知道的，睡眠不足只会让人变丑，我想漂漂亮亮地出现在你的面前。

我坐在铺满阳光的床上，循环听Chet Baker（爵士演奏家切特·贝克）的 *My Funny Valentine*。化妆时，我的心里甜甜的。阳光真暖，世界好静啊……

我们见面时，你的脸上写满了疲惫。我又很愧疚，我一直在索取爱意。我真是一个贪婪的家伙！

我很纠结。

终于，在无数次的拉扯后，你不知道还能为我做什么，而我也下定决心不再拖累你。

我想表现得体面一些，但我还是海啸般地和你道别，我对自己很无语。晚上，我一直听The National（美国独立摇滚乐队）的 *About Today*（《关于今天》）。这首歌有一条评论——你说你爱我，我就向这个世界认输。

我没有哭，平静是难得的。

我知道你希望我平静些，少些痛苦。我也想平静，不想被情绪绑架。那个时候，我会看清自己，也能看到你为我和我们的关系所做的改变。

当我驶离北京南站时，我的脑海中浮现了你在KTV为我举办的"演唱会"，你为我唱的每一首歌都很动听。

分别已有半年多，我瘦了些。你呢？我在心里偷偷地关心你，不想让包括你在内的任何一个人察觉到。我还是太要面子了。当我想象你开始了新生活时，我有些失落，但更为你的伴侣不是我而感到庆幸。

疫情期间，网络上有一个问题被热烈讨论着——疫情结束后，谁是你最想见的人？

天好蓝。树枝把天空分割，像是一幅画，没什么比自然更美了。你为我画的向日葵很可爱。

药效起了，我再一次平静下来了。

我曾希望你最想见的人，是我。

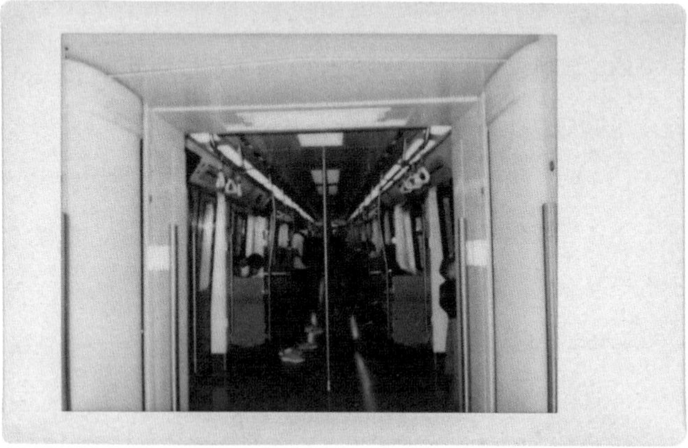

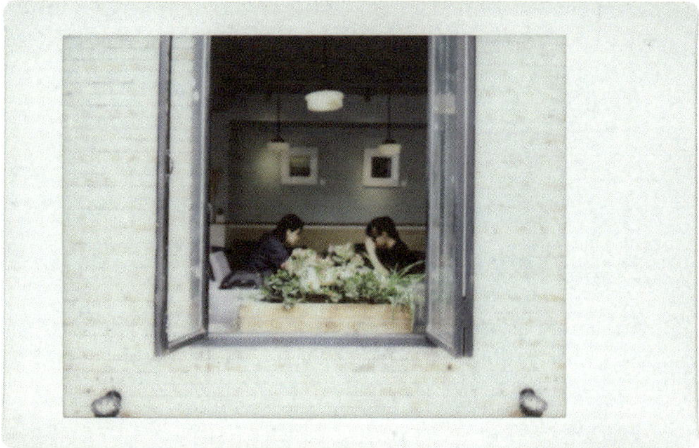

08
如果明天是"世界末日"

不慌不忙地度过最后的时光吧。

07:00

半根香蕉和些许燕麦片加入盛了牛奶的马克杯中。为了让胃舒服些,我总是要把它放进微波炉里加热一分钟。我喜欢站在那儿看运作中的微波炉,它红通通的内部像一颗火热的心。

"叮",屏幕显示00:00,那清脆的提示音告诉我,早饭热透了。

和往常一样,我一边吃早饭,一边看新闻。电视里播放着"明天是世界末日"的新闻。

这突来的消息使我愣了神,奶汁从嘴角淌了下来。

嘀——

丁零——

手机的应用软件无一不在传递这一消息,持续的提示声使我缓了缓神。

电视画面中,人群慌乱。主持人拦住一个路人,那是一个年轻人,长得很英俊。他在跑开前朝话筒吼道:"没什么比这更糟糕了!"

我想,他说得对,还有什么比整个生态系统的毁灭更糟糕的呢?

主持人仍在试图进行采访。我有些生气,心想,都这个时候了,难道要聊一聊人生,探讨我们的何去何从吗?

当我看到主持人朝镜头耸了耸肩,摇了摇头时,我又心疼起来:"他们的心里一定也有一群恐龙跑来跑去吧。"

我洗了一把脸,真正地回过了神儿。那一条条消息是在告诉所有人:抓住这最后的时间吧!

我想,我有什么事情要做呢?

08:00

"它真是好看呢。"

我从储物柜取出了一支钢笔，它是我的某个前任送给我的生日礼物。由于我一直在赌气，虽然记得它的存在，但我就是不愿看见它在我的眼前晃来晃去。

然而就在此时此刻，我握住了这支笔，不用它写信，也不是为了给哪份合同或是给某个人签字。

我要用它写下——遗愿清单。

首先被我排除的就是寻找挪亚方舟。我不知道那个能带我逃亡的大家伙在哪里。即使我知道，我也没钱登船。

那么就想一想现实的事情吧！

我趴在床上，在纸上列着遗愿一二。

我惊呼道："天哪，我要做的事情居然只有买花、去墓地看爸爸、回家和睡觉这么几件……"

虽然这在意料之内——因为想做的事，我大抵早都做了。但我在生命进入倒计时的时候，会因为自己的一生没有太多的遗憾而有些失落……

一看表，已近十点。我告诉自己："好啦，好啦，别再和自己吵嘴了,抓紧时间去办事吧!"

我照照镜子,心想,不知道下次出门是什么时候了,好好打扮一下吧!

我花了些时间梳妆。出门前,还喷了香水。我笑话自己:"嘿!这都什么时候了,还挺不着急。"

11:00

嘀——

汽车的喇叭持续地响着,每个人都在疲于奔命,好像这样做就能抓住一丝生机。人啊,都懂得自我安慰,尤其在知道自己时日无多的时候。

我一边开车,一边想,希望花店没关门。

去了两三家常去的花店,都已大门紧锁——也是,这个时候谁还有心思做生意呢?

就在我心生遗憾的时候,我看见路边有一个老奶奶在卖花。我把汽车停在距离她二三百米远的地方。

我朝她走去。

许多人在奔跑,我的肩膀被奔跑的人们撞来撞去。但也仍有老人坐在街边下棋,他们为了一步走错的棋而发脾气,围观的人不忘唠叨两句。在他们眼里,下棋是重要的,而即将发生的事情像是和他们无关一样。

我猜想着,他们是不是不知道?可那对静静地靠在一起的恋人,他们不会不知道,毕竟大家都有手机。

当我走到老奶奶的身边时,才发现那些花儿是绢花,从远处看它们像极了真花。

我问道:"奶奶,这些花儿都是您做的吗?"

奶奶一只手放在耳边,大声说:"你说啥?我有些耳背。"

我凑近她的耳朵,音量提高了许多,重复了问题。

她说:"都是我亲手做的,今年眼睛不好使啦,就只做了这些。"

粉色、黄色和红色的绢花插在一只白色的塑料桶里。

我说:"这些花儿,我都要啦。"

她咯咯地笑,说:"哎呀,今天我走好运啦!街上那么多人,只有你肯买。"

我想,搁往常,我应该是不会特意停下车买这些的。

老奶奶从衣兜里掏出一块叠成小包裹模样的手绢,她颤巍巍地打开它,那里面装着一些零钱。

我把钱塞给她,说:"不用找啦。"

她的眉头一皱:"那怎么可以?你的钱又不是白来的。"

我说:"我的钱啊,都是天上掉下来的。"

老奶奶说:"哎哟,我遇到好心人啦!"

我有些哽咽,在她的面前,我有些无地自容。我想,如果我当真是一个好人,该多好……

临走前,我取了一朵花送给老奶奶:"您留一枝吧!"

她朝我摆摆手:"姑娘,我瞅这天儿要变了,你早点回家呀。"

我看着她,对她说:"您也早点回家。"

13:00

二十四小时的便利店仍开着,货架上的食物已空,看来我要饿着肚子去看爸爸了。

高速公路拥堵。我想,希望能如愿到墓园,晚一些也没关系。

走走停停,终于进了山。

墓园没有人,一座座墓穴比往常更加孤单。

登山,寻到爸爸。

"今天出门的时候,妈妈嘱咐我说:'如果路难走,就直接回家,反正也不差这一会儿了。'可我还是想来看看您呢。我跟您说啊,明天的路肯定更拥挤。"我坐在他的对面,和他聊着天。

丁零——

妈妈发来了信息:"你什么时候回家?"

我和爸爸抱怨起来:"您看,我才出来多一会儿,妈妈又催我了。"

我站起身:"好好好,我知道她是担心我,我这就回家。"我把黄色的绢花放在墓碑前,"爸,明天咱们就团聚啦。"

下山,给妈妈打了一通电话,我问:"晚上咱们吃什么?"

妈妈说:"什么都不必买。家里有什么,咱就吃什么,赶紧回来。"

我心想，这老太太还挺冷静。

开车回家的路上，已近下午四点。路上的车少了些，我想，大概都回家了吧。

17:00

妈妈从我的手上接过两枝绢花，说："你从哪里搞到的？这时候，你还能买得到。"

我说："我变戏法变出来的。您一枝，我一枝。"

妈妈说："你又胡闹！我要粉色的那枝。"

家里的厨房是细窄的长方形。往常，妈妈总是不让我和爸爸与她一起在厨房，她的理由是："都挤在一起做什么？别给我添乱。"

而今天，我们二人都在厨房。妈妈说："今天就批准你进来吧，但你别沾手了。"

麦扣趴在厨房门口，圆圆的眼睛滴溜溜地转。我抱起它，说："哎呀，姐姐是真抱不动你了。"

妈妈笑起来："一会儿也给我们的大宝贝多吃些。"

我对麦扣说:"瞧瞧你妈,每天都喂你吃这么多。"

妈妈用家中仅有的西红柿、鸡蛋、黄瓜做了两道菜——西红柿炒鸡蛋和拍黄瓜。两只水煮蛋是给麦扣的加餐。

"好啦,就这些啦!"妈妈和我坐在饭桌前,麦扣的食盆被两颗鸡蛋黄、狗粮和它最喜欢的肉肠装得满满的。

妈妈说:"我想炖肉的,谁知道家里没有肉。都怪我,总是现吃现买,结果今天想吃了,菜市场都关门儿了。"

我说:"这也很好,都是咱们喜欢吃的。"

席间,妈妈和我聊起她插队的故事,尽管我已经听了一百遍,但这一遍,我听得格外认真。

妈妈说:"嫁给你爸,我挺幸福的。"

这,也是她说过许多遍的话。

19:00

收拾好家务,我和妈妈说:"咱出门走走?"

妈妈说:"好呀,带着麦扣一起。"

我说:"那麦扣还不累趴下。"

妈妈坏笑道:"没关系,我们给它带肉肠和水。"

天擦黑的北京,车更少了。但遛狗的人仍和往常一样多。只是今天,狗狗都不被狗绳拴着,每只狗都乖乖地跟在"爸爸妈妈"的身后,即使跑远了,也都停下脚步,回过头等着家长。

我和妈妈说:"好久没一起遛弯了。"

妈妈说:"是啊,我这腿脚哪儿跟得上你们年轻人的步子。"

我说:"我走慢点儿呗。"

妈妈指了指街边的一家饭馆:"你瞧,这家餐馆的老板也是想得开的人呢。"

我点了点头,说:"您说他今天几点关门?"

妈妈哈哈地笑,说:"也没客人,想几点就几点呗。不过我猜他不会太早关门。"

我又点了点头。

"今天去墓地,和你爸说了会儿话?"妈妈问道。

我感觉自己像一只啄木鸟,脑袋点个没完没了。

"一开始我挺害怕的,这是灭顶之灾啊。但一想到大家都一样,我也就没那么怕了。"妈妈说。

我感觉妈妈有许多话要讲，便未言语。

她说："我们都有这样一天，但一想到大家都在同一时刻走，还是很难过。"

我说："人真矛盾，一会儿觉得好，一会儿又伤心了。"

走着，走着，就走回了家。

妈妈说："还泡脚吗？"

我说："泡呗。"

妈妈说："也是，今儿是今儿，明儿是明儿，但今天咱们就不刷洗脚盆了吧……"

我们的家被笑声充满。

23:00

洗完澡的妈妈从淋浴间出来，惊呼："都快十点啦！我怎么洗了这么久？你赶紧洗洗去。"

我说："妈，今晚咱们怎么睡？"

妈妈说："往常怎么睡，今天就怎么睡。"

我提议道："咱一起睡呗？"

妈妈吹干了头发，说："不用。"

我带着疑惑，走进了淋浴间，心里犯嘀咕：这老太太，多依赖人的一个人，怎么临了不用我陪了？不过我还是和她一起睡吧！

洗漱完毕，麦扣不在客厅，也不在我的房间。我走向妈妈的卧室，推门："唉，怎么还把门儿锁起来了？"

我敲门，没动静。我有些着急，喊了起来："妈，妈，妈，开门呀！"

妈妈说："别敲啦！我和麦扣都睡觉了，你也早点睡吧！"

我仍坚持进屋："咱们一起睡呀。"

妈妈说："你快点睡觉去。"

妈妈的这番反应使我原地发愣，不用我陪？明天不是"世界末日"？我是在做梦？

我在客厅里坐了一会儿，不见绢花，妈妈把粉色的那枝带进了她的房间。

熄灯，我走进自己的房间，打开衣柜取了一条好看的裙子穿上身，躺进了被窝里。那枝红色的绢花和陪伴爸爸最后时日的兔子玩偶躺在我的身边。我关闭床头那盏小夜灯的时候，心想，也挺好，我再也不用依赖药物或是谁，就可以睡一个美觉了。

真希望这场"世界末日"只是一个实验。实验结束的时候，我要骂一句："喂，耍我们玩儿呢！"然后和妈妈说，"甭做饭啦，咱出去撮顿大餐。"

"如果"，是可以把绝望转化成希望的。

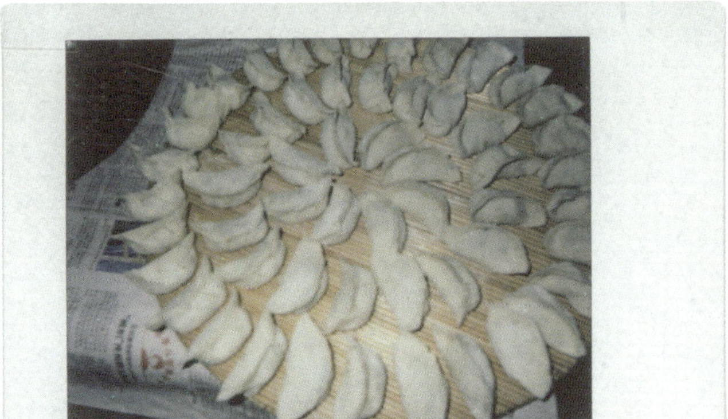

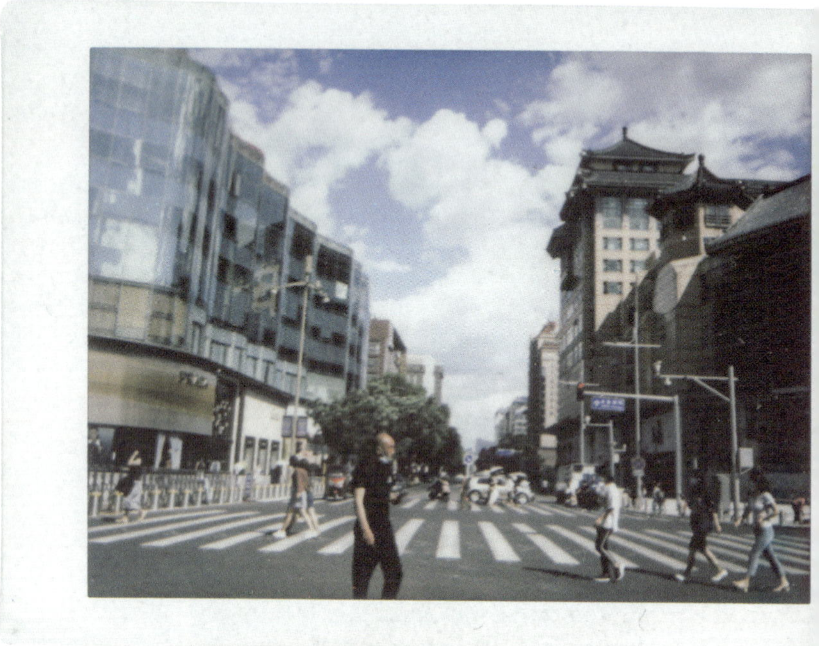

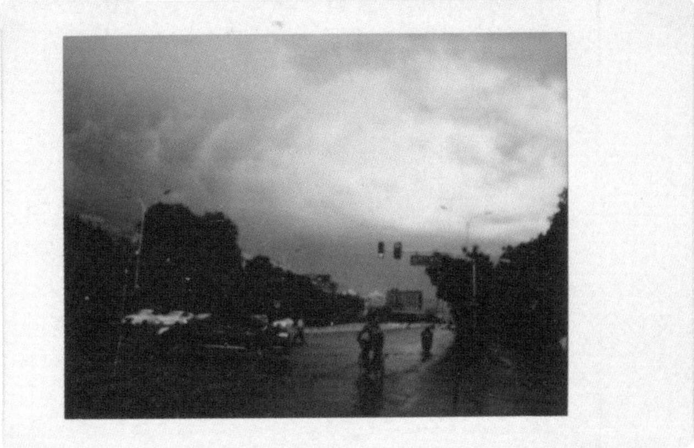

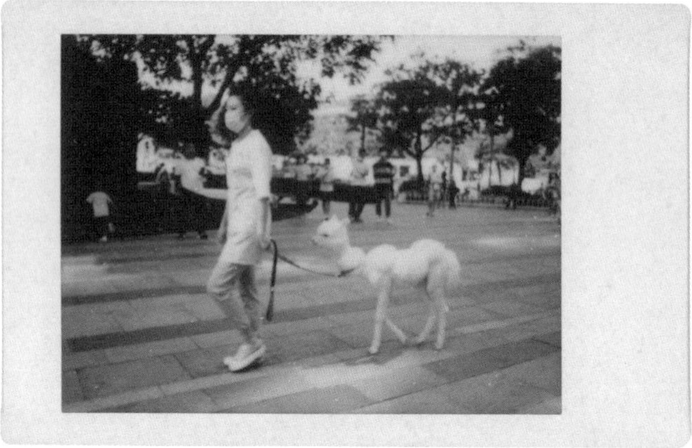

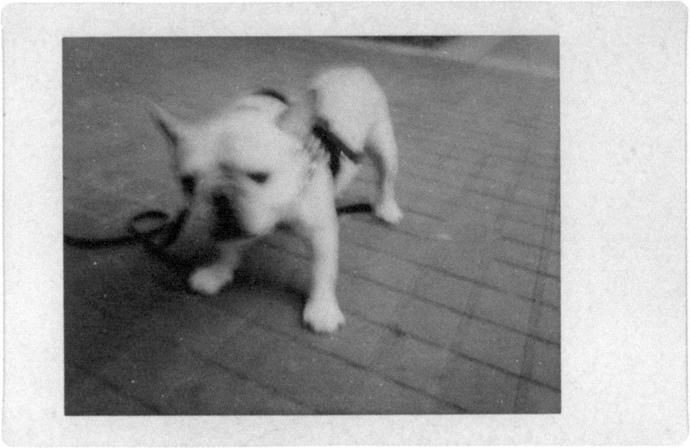

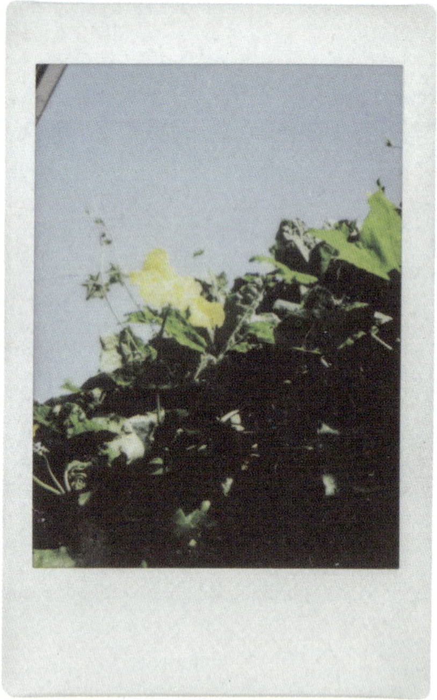

夏天

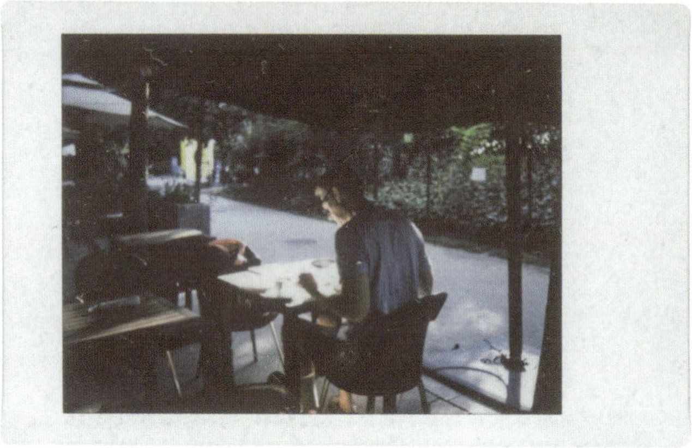

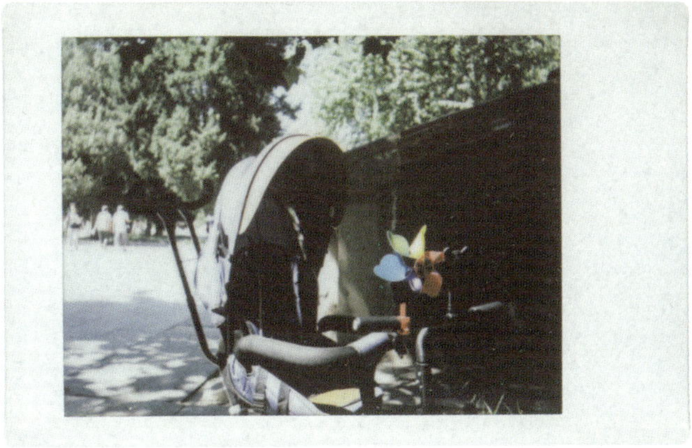

01
现在,就让我们一起听首歌吧

我爱窦唯。

上次和编辑见面时,她说:"其实你的内心,条条框框挺多的。"我没有否认,也没有表示认同。约会结束后,我琢磨了好些天,也许她说得没错。

1988年出生的我,从小学开始就被老师灌输:"要好好学习,考不上好大学,就没有好出路。"虽然我的岁数小,搞不懂大学和社会之间的关系是什么,但我知道只要考试分数考得高,我就有礼物收。我想拥有一块时髦的Swatch(品牌名)手表,表盘得是水冰月的,那么我就要语文和数学都考满分。

考满分不难，但手表很难买到，爸爸要托人从香港买。在十岁的我的心目中，爸爸很厉害。

我曾就读的小学位于朝阳区的水碓子，相比一直没搞明白这个"碓"字的读音究竟是zhui还是dui，我更记得考试的分数低时，我是如何"演戏"应付老师的——想办法模仿爸爸妈妈的字体在试卷上签字，"纸薄真好，可以拓写"。但结果是常常露出马脚，老师把我叫到办公室，抖着试卷问："这是怎么回事？"我沉默不语，心中盼着上课的铃声赶紧响，我好逃离苦海。

然而苦海无边。老师和家长总有办法通气儿，老师的夸张描述让我很怕回家，回家的路只有十分钟，我试图想一个点子能为我的撒谎行为做一个合理的解释，但我失败了。而让我吃惊的是，我并没有因此受到爸爸的训斥，他说："这次没考好，又不代表以后都考不好。但你骗人是不对的，我们要诚实。"应该就是从那时候起，我对诚信有了一点点概念。

好不容易上了中学。老师和家长的眼中始终是："只要你考上了清华或北大，你就有远大前途。"但在我的眼里，"远大前途"是一场场试卷堆起来的噩梦。"学好数理化，走遍天下都不怕"使我厌恶数理化,到现在我都记得上课时把课本立着放,垂着脑袋偷偷看杂志,那种画多字少的少女读物《昕薇》。

"叛逆期"从初中就显露出来。由于爸爸的宠爱,我享用着"用来学习"的电脑在网上冲浪。我去聊天室找陌生人聊天,或者仅仅就是看看大家都在说什么。只要与学习无关,做什么事我都挺开心的。妈妈说:"你挺聪明一孩子,怎么就不爱学习?"

"学习好就一定聪明吗?"我在心里和妈妈抬杠,但我没说出口。窦唯在《无地自容》MV(音乐短片)里甩着一头浓密、微卷的过肩长发,细长的眼睛,有着一种天然的神秘感,使人想靠近,又让人胆怯。"是个女孩都会被他迷倒吧!"十四五岁的孩子情窦初开,窦唯成了我喜欢的人的肖像模板。那之后,我对有艺术气质的人就有着天生的好感,觉得他们是一群不需要通过考试证明自己的人。

成年后,我做了不少"学习成绩不好,也能证明自己"的事情,以此向人们,尤其是向爸爸妈妈证明,北大和清华不是唯一的实现梦想的路。

但现在看来,我一直崇拜那些考上高等学府的学霸,只是那不是适合我的道路。是不是在所有事上，我都在追求与众不同呢？只要是想做的事情，我都想赢，竭尽全力地做到最好。我特别想让别人知道我过得不错，所以在确诊了躁郁症之后，我一度特别厌恶自己。现在想想，这其实也是在逃避"考试不及格"的后果吧。

窦唯是我的一面镜子，无论是他自己，还是由他组成的"不一定"和"暮良文王"乐队的歌，对我而言，每一次都是一种全新的探索。那些没有固定模式，更多是即兴、实验性的"声音"，在我看来都像是听到了某种召唤——"听不听、喜不喜欢是你们的事，我们就做我们想做的。"

我越是想证明自己，越是把自己捆得更紧。当我放下"考试"的心态去面对一切时，我终于把自己亲手捆绑的绳子解开了。

而就在此时此刻，当我不会因为一次次地解释"为什么"而躁狂发作，也不会因为独处的状态而感到落寞，更不会执着于过去的种种时，我获得了自由。

"听什么歌好呢？"每天在我睁开眼，伸一个大大的懒腰之后，做的第一件事便是打开音乐——"真是好运气，总能听到和我当下心情契合的歌。"

手机音乐软件循环播着窦唯的《雨吁》，这首伴随我快二十年的歌，什么时候才能听懂，已经不那么重要了。重要的是，再次听到这首歌让我找回了一种轻快的触感，类似儿时走在团结湖公园的湖面上，双脚有些打滑的感觉。

"你想玩溜冰车吗？"爸爸对我说。

"想啊！"我说。

"那咱就去玩。"他拉着我的手向冰车跑去。

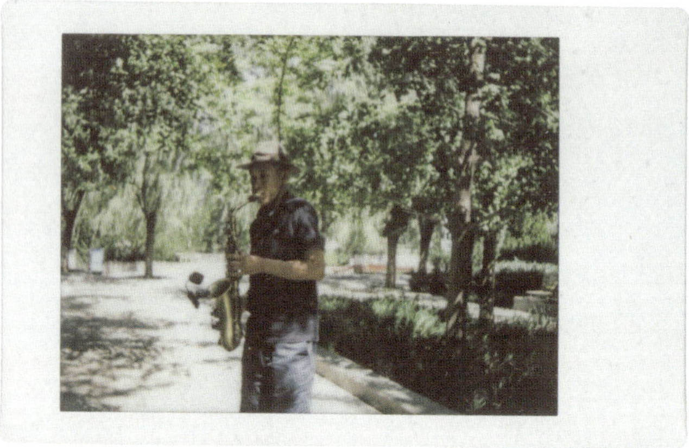

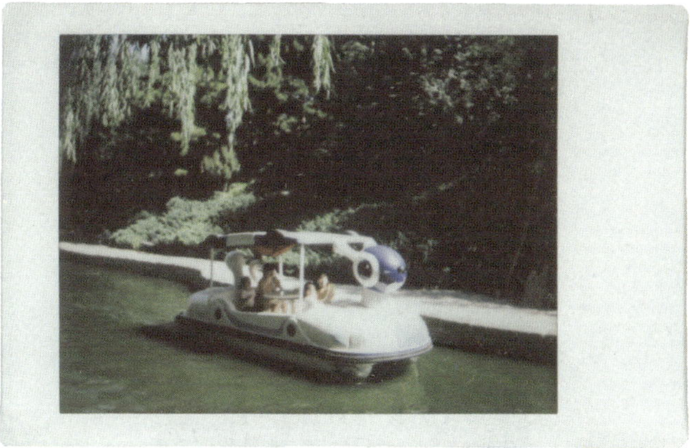

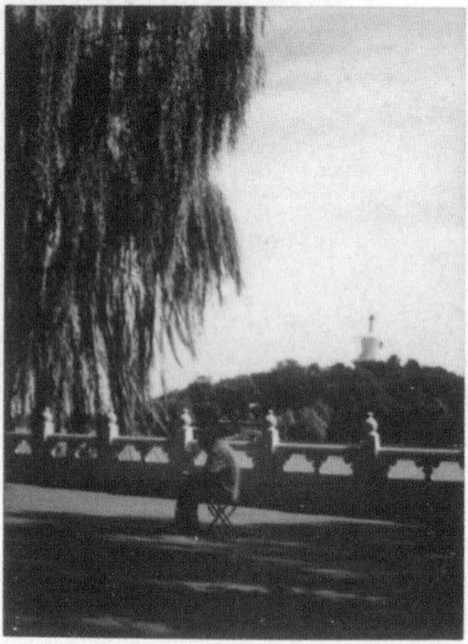

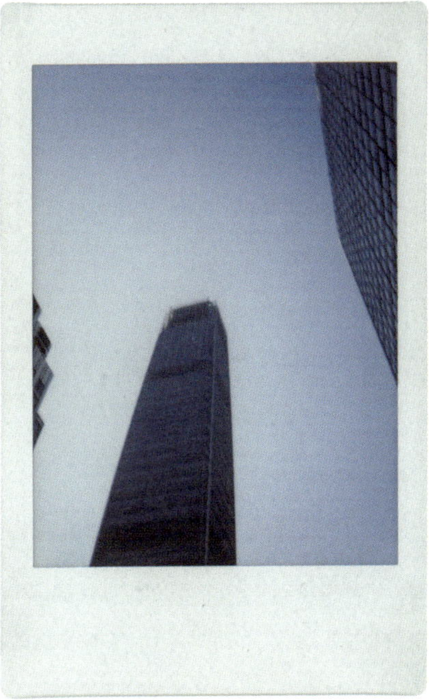

02

激情的平衡

一个未知接着另一个未知。

"哇,真是没想到,你还玩赛车!"

听闻我玩赛车的人大多这般惊讶。确实,我个子小,再加上我不说话的时候还挺文静,所以人们意想不到是正常的。

"不过我现在不玩了,妈妈觉得赛车很危险,实在不想再让她担心了……"

"不怎么了解。不过应该还好吧,不然就不会有人玩了。"对赛车了解甚少的人有这种想法是很容易理解的,谁会专挑死亡概率极高的运动呢?

"还是有不少人热衷于做这种疯狂的事情啊。"烟灰被忽来的阵风吹散，我的脑海里浮现出自己正驾驶着赛车的画面，从柏油路拐进砂石路，那扬起的尘土使后视镜中的影像被土黄色涂满，为前路而心跳加速是必然的，但我更为已经跑过的砂石路段而手心冒汗，因为这远远不是结束，还有更多的路段要跑——一个未知接着另一个未知。

为了确保顺利完成比赛，不管是日常的赛道训练，各种赛车俱乐部的内部比赛，CRC[1]，WRC[2]，还是二十世纪八十年代那最让人亢奋的WRC GROUP B[3]，首先都要有一部各个改装部分全部合格的赛车，才有资格进入赛道参加比赛。当然，取得汽车比赛执照的赛车手的身体健康也是必需的。

"女车手太少了，每一个都是赛道上的明珠！"这种比喻是合乎情理的。赛道上男性更多，他们的反应力更加迅速，对汽车的操控力也更强，天生具有的好胜心使他们更具有取胜的欲望，他们的手臂充满力量，换挡都会更加轻松，

---

1 China Rally Championship，中国汽车拉力锦标赛，中国汽车摩托车运动联合会及举办地人民政府联合主办的全国性汽车拉力赛事。

2 World Rally Championship，世界拉力锦标赛，由国际汽车联盟（FIA）组织的全世界范围的级别最高的拉力系列赛事。

3 汽车厂商无限制改装拉力赛，为了让车厂展示其机械成就而设立的疯狂赛事，始于1982年。由于重大事故频发，于1987年取消。

也更为迅速。但这是否意味着汽车拉力赛就是男性专属的极限游戏呢？在挑战极限这件事上，有男女之分吗？玩赛车的女性是不是也在挑战性别所带来的极限呢？如果将女性夺冠说成是奇迹，是不是与"比赛面前，人人平等"的运动精神相悖呢？

拉力赛是不按性别分组的，男性和女性在同一组参赛，全凭实力一决胜负。拿下圣雷莫拉力赛（WRC经典赛道）冠军的法国女车手米歇尔·穆顿在二十世纪八十年代就被人们誉为拉力赛场上的"Super Women"。这真是让我备受鼓舞！模糊了性别的赛道上，男性和女性只有一个身份，那就是赛车手——无论你是男是女，姓甚名谁，只要你专注于在不同路面控制住赛车以顺利完赛，无论你取没取得名次，你都是好样的。即便出了技术错误或是小事故，也不会被取笑——因为你来了！因为有无数人对梦想千次幻想，却从未为之付出过！

* * *

我喜欢极端的体验，那使我的肾上腺素得到释放。于是我饱含激情地参加了CAMF[1]举办的拉力越野车培训。起初，我哪里有心思听理论课，一心想要早一点儿启动赛车，进赛道体验速度与激情。

然而当来到赛道，真正地见识到赛车时，我的笨拙显现。打开车门，先要跨过按照汽车内部结构焊接而成的防滚架，它可以在赛车发生空中翻滚时，最大限度地使汽车的内部几近无恙，进而保护赛车手，使其能够全身而退。赛车的座椅自然是没有普通汽车舒适的，哪怕它是Sparco[2]的顶尖产品。

坐稳后调整座椅，高度以能看到前车盖为宜，右腿在伸直状态下，以右脚的脚底为支点，使前脚掌可以踩实刹车片和油门，顺利完成跟趾动作。

方向盘虽比普通汽车的要小，握住它是容易的，但控制它是难的，手肘放松，双手要紧紧地握住它，尤其是在右手变换被改装成换挡杆很长的序列式挡位时，左手要使用更多

---

1 Federation of Automobile and Motorcycle Sports of People's Republic of China，中国汽车摩托车运动联合会，全国性汽摩运动社团组织，是代表中国参加国际汽车和摩托车运动的唯一合法组织，受国家体育总局委托，管理全国汽车和摩托车运动。

2 全球赛车用品著名品牌。

的力量把握方向盘，稍有偏差，赛车就会发生甩尾、熄火或更为严重的事故，比如翻车。

安全带也是改装过的，它的四条粗绳和结实的锁扣将赛车手固定在座椅上。挡杆安装在右手的右下方，光是练习自然地找到它，就需要花些时间。手动挡的赛车，在入弯、转弯、出弯，减速和提速时，推拉挡杆都要与脚下的油门、离合器和刹车配合准确。

然而它们有多沉呢？我的手腕、手臂、双腿、双脚、腰部和臀部在跑完赛道的第二天，都无比酸痛。

即便我头戴防火面罩和头盔，身穿防护服，手戴防火手套，被安全带牢牢地固定在座椅上，也不能避免在赛道上发生要命的大事故。

顺利完成比赛的前提是不发生事故。

砂石路的路面总是窄且坑坑洼洼的，即便是老练的赛车手，平安通过砂石路也不是一件容易的事情。而对于我这种笨拙的新手，每每进入这种路段，就难以放松。赛车手一紧张，就会手忙脚乱。慌乱意味着危险即将发生。

即使坐在副驾座的领航员会一直将赛段信息清晰地告知赛车手，且汽车性能也是卓越而稳定的，但赛车手的操控力和比赛心态也仍使拉力赛充满各种不确定性，这便是赛车的乐趣所在。

乐趣总是伴随着危险出现。

当"德安"杯汽车短道挑战赛[1]即将开始时，摇旗手站在车身前，我的右脚轻踩油门，"轰、轰——"，发动机一响，我的紧张疯狂生长。我甚至不知道那面旗子在唰地向下落时，我能否顺利提速，也不知道在提速时，我的右手是应该握紧方向盘，还是要去握住挡杆完成加挡。我慌了，前脚掌究竟是踩在刹车片还是油门上？晕头转向，手忙脚乱，这种失控的感觉真是太糟糕了！

然而我又在为自己是赛场上唯一的女将而有些沾沾自喜，这种盲目自信让我相信我简直就是一个蠢货！

"砰——"方向盘仅仅偏离了五度，车头就朝砂石路边的一棵大树猛冲了过去。

那棵树真是太惨了！

汽车熄火了，我的心，跳得更快了，我为我的平安无事而侥幸——还好，我跑的不是悬崖路，不然我真的就要像小石子一般，滚下山去。还好，我没有在转弯时失控翻车，而

---

[1] 经过中汽联、北京汽摩协会批准的赛事。

让自己变成滚筒洗衣机里的衣服，接连翻上几个圈。从头朝下的赛车里爬出来，是一件不优雅的事情，但只要活着，就值得高兴，因为代价仅仅是取消比赛资格，失去名次，以及又要把心爱的赛车送去修理厂了。

当赛车没有发生失控时，心中又会生长出信心。如果对其使用恰当，自信就会帮助赛车手更加稳定地控制赛车。这时，赛车手就具备了加速的机会。

在赛道上，好运不会总降临在同一个赛车手身上，也没有哪个赛车手不想取胜。

"快一点儿，再快一点儿！"——这是每一个赛车手的呐喊。极限就是用来试探和冲破的！0.03秒的时差，一位成为被人铭记的冠军，而另一位是谁？不重要。

"没关系，我还要跑！"——只要还跑得动，没有哪个赛车手会放弃参赛。即使退役，也仍要以与赛车相关的身份出现在赛场上，比如裁判、赛事官员、教练。

赛场就是战场，为了那0.01秒，全员齐心。赛车加速从高坡冲出，再重重地摔在地面上。为了胜利，也要从悬崖边完成甩尾似的转弯，再迅速入弯。这都是考验参赛车手心态的时刻，只要汽车不散架，就必须专注。

有太多使赛车手分散注意力的元素了：领航员打了磕巴，站在赛道边以观众身份参与比赛的人群，突然跑入赛道，也来参与比赛的小动物……

专注的赛车手，超高性能的汽车和赛道，就是赛车的天时、地利、人和，它们也是使赛车平衡和加速的元素。人与车合为一体的那个瞬间，就是最爽也是最危险的时刻。

然而什么是最危险的？失去性命吗？能在热爱的事情上燃烧自己是否也不失为一件幸福的事情呢？许多年轻的赛车手在疯狂的、最高规格的WRC GROUP B赛事上失去了生命。因死亡率过高，最惊心动魄的赛事在举办的第五年就被取消了。

曾经，我对赛车有着强烈的执着：执着于拥有一辆自己的赛车，不断地训练以提高自己对赛车的操控力；执着于自己热爱的事情，为其付出大量的时间和金钱。

然而就在我决定成为赛道明珠之时，我的爸爸病了。我想，是不是上天不让我玩赛车呢？爸爸这一病，别说是俱乐部举办的小规模比赛了，我连赛车都摸不到了。起初，我看到微信群里更新的比赛信息，我的手很痒，奈何我没有时间参加。可就在我打开和爸爸的微信聊天窗口，看到他发给我的最后一条信息——一篇题为《新赛季、新赛道》的文章时，我的心痛极了。爸爸总是以他自己的方式给予我支持，或者说，他总有办法与我合群。

妈妈则不一样。她认为赛车太危险了。她说我戴着头盔和穿着赛车服的样子像一棵奔跑的圆白菜，但她嘴上没有说那句话——"你不要玩赛车"。

亲生骨肉，我自然是知道妈妈需要安全感的，尤其在爸爸走了以后。而我能为她做的事情之一就是不让她担心我的安危。

于是，赛车从此就成为"我热爱它，我完全可以仅以观众的身份参与其中"。

遗憾吗？并不。因为我已经参加过比赛，尽管它的规模不大。而最为重要的是，我体验了赛车的速度与激情——原来赛车也是一项平衡运动，只是它表达的方式太极端了。生活中的平衡无处不在，只是它们相较于那些疯狂的行为，不容易被我拿出来谈论，比如穿鞋，站着穿，容易左摇右晃；鞋不合适，磨破了脚。

每当我想到那句"WRC is for Boys, GROUP B was for Men"（世界汽车拉力赛是男孩的游戏，而B组才是给男人的）时，我并不为其中的词语是Boys（男孩）还是Girls（女孩），是Men（男人）还是Women（女人），而想要理论一二，因为无论男女老少，都是一个人。那般说法是为了彰显GROUP B的辉煌，它的一切都是最好的——最好的车队、最好的赛车手、最好的赛车、最凶险的路段和最棒的观众。

我既为魔鬼赛事拍手叫好，长舒一口气，也为它的存在而感慨——相互制衡是为了找到平衡。找寻平衡的过程是艰难的、痛苦的，但总有人在探索！梦想总是遥不可及，人也挺天真，但值得赞扬，因为每一个追梦者都是勇士。

当我歌颂那些勇于探索的人时，我更加相信——还是活着更好。活着，就有各种可能，比如实现梦想，或者将梦想以其他形式实现。

哦，还有，我要对那些不顾及他人感受和生命安危的司机说一句："有本事，跑赛道。在公路上飙车，猛轰油门，挺危险，而且真挺丢人的。"

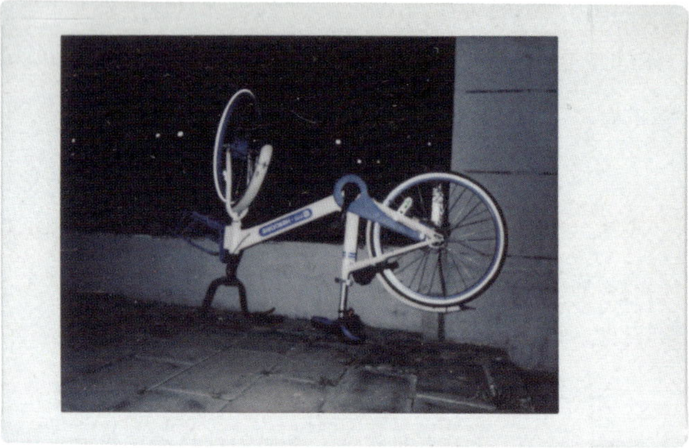

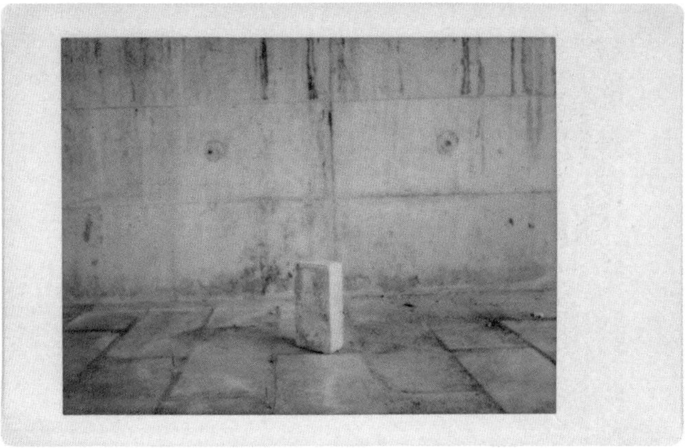

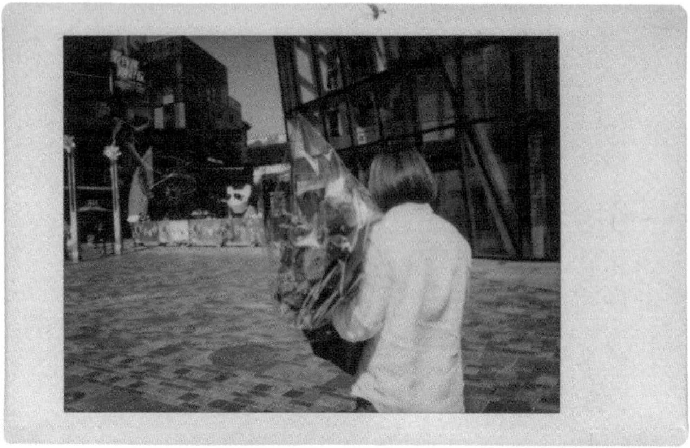

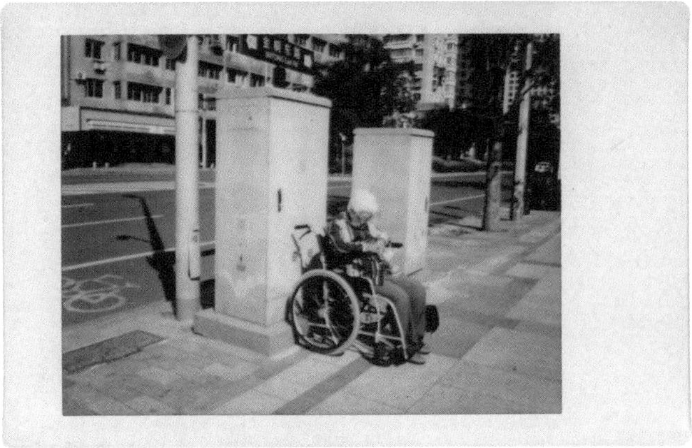

03
我的爸爸是处女座

最好的自己。

处女座追求完美,甚至有些吹毛求疵,这是人尽皆知的。不过我要为处女座打抱不平。这世界上没有谁比处女座更知道天地之间没有绝对的横平竖直,没有毫无瑕疵的事物,没有只有优点、没有缺点的人。

但这不仅没有影响他们对完美的追求,反而使他们对完美的追寻更加地勇往直前,尽管有时候他们看上去是那么云淡风轻。我的爸爸就是这样,因为他就是处女座。

用妈妈的话来说,他看上去总是心事重重的。

有时,爸爸确实是在默默思忖着什么,就连去超市采购哪些生活必需品，他也要先在脑子里打一个草稿。

爸爸对工作很有规划。虽然规划的突变也会让他有些抓狂，但他总能冷静地随机应变。每到那时，爸爸便会说："好了，不要再抱怨了，现在只说怎么解决。"他说这句话的时候，像一片平静的湖水。自乱阵脚这种事情，在爸爸的眼里，等同于失败大半。

他对于难题的处理方案始终是：先分析情况，再思考如何解决，然后有条不紊地逐一实施，直至"全部解决了"，再把结果告诉我们。这便是他为何心重，重到都快把心变成一座大山，坐落在大地中。

妈妈对此再清楚不过了。

她像一个好奇宝宝："你最近忙什么呢？神神秘秘的。"

爸爸说："忙事情。"

"废话，我是在问你忙什么事。"

爸爸嘻嘻一笑："过段时间再告诉你，现在和你说没用。"

妈妈对此也就不再追问了，因为问了也白搭，最重要的是，她自知可能会帮倒忙。但爸爸也会偶尔暴露出一些蛛丝马迹，毕竟，事情无论大小，单凭一己之力都是需要一些建议的。只是，他不会全盘托出，因为他要把出错的概率降到最低。他擅长在把控全局的同时又注重细节的打磨，尽管他也会犯错。

有时，爸爸仅仅是在发呆，像一个闷葫芦。

妈妈坐在爸爸的身边，说了好一会儿话。话音落了好一阵子，也不见爸爸吱声。

妈妈问："嘿，嘿，嘿，我刚刚说的，你听见了没？"

爸爸像是被吓醒："啊？你刚刚和我说话了？"

妈妈怒火中烧："你又想什么呢？我说了一大堆，你一个字没听见？"

爸爸解释道："我没想什么，所以你说了什么？"

妈妈更生气了，说："合着你一个字都没听见！我什么也没说！"

爸爸："……"

* * *

爸爸很少说气话和狠话，除非我们把他激怒了。

他把烟头用力地捻进烟灰缸："我很生气呀，你妈妈就是不明白！"

我一边吃着点心，一边问："啥？您俩发生了什么？"

爸爸说："算了算了，说了也没意义。"

我："……"

爸爸宣泄情绪总是给一个开场，然后卡在中场，绝不给结尾。起初我还为此干着急："倒是说说怎么回事呀！"

可时间久了，我的心态也随之变成了——算了，算了。

爸爸有一句十分拱火儿的金句："我说了，你们也不懂。"为此，我和爸爸生过气。

"又是这个态度！"我表示不服气，"那您说说，我为什么不懂？您怎么就知道我不懂？"

爸爸说："我就是知道。"

我嚷嚷："这是自大！"

爸爸说："所以是你不懂。"

我说："得，得，得，我不懂，就您懂，行了吧？"

爸爸说："就是嘛。"

我："……"

最终，以我失败告终。不说也罢。

＊＊＊

不过爸爸损人的时候就可爱多了。

我穿着新买的衣服,问道:"您觉得我穿这件衣服怎么样?"

他将我打量一番:"这是我闺女从哪里捡来的面口袋?"

我激动:"这很贵的,大牌儿!"

爸爸一副要笑又努着劲儿憋笑的样子:"当然贵啦,废品厂都在六环外,路远,再花些时间捡,时间就是金钱嘛。"

起初,我真往心里去,气呼呼地回房间,再也不想理他了。直到我听到他拿妈妈减肥这件事说笑,我才释然。

和爸爸逛街,是一件让妈妈很头疼的事。

妈妈和我抱怨:"你可不知道呢,他逛街有多慢!简直比女人还能逛。"

我说:"我知道的……哪怕只是买一条裤子,他也要把所有裤子都先看一遍。"

妈妈说:"在超市也一样,明明只买牛奶,他非把家电区和其他区域都逛了。"

我哈哈笑:"那您催催他,让他快点儿。我就老催他。"

"你觉得他听吗?"妈妈呵呵一笑,"你和你爸一样一样的,说什么都没用!"

"怎么朝我身上开枪?我可没和我爸似的,我最讨厌逛街了。"

"我说的是你俩经常听不进去别人的话!"

这无法辩解,我选择了不再言语。

* * *

有时,爸爸让我摸不清头脑。

前几年,我将我的第一本书的样书放在了茶几上,想给他们一个惊喜。

妈妈如往常一样,大呼小叫:"哎呀,出书啦,我女儿出书啦!"

爸爸戴上了他的老花镜,翻了翻:"嗯,纸还行。"

我有些失落,直到听到妈妈的一番描述。

妈妈说:"你可不知道呢,你爸逢人就说'我闺女出书了',比我夸张多了。"

"是吗?他都没有夸过我。"

妈妈说:"他就那样儿,你又不是不知道。我跟你说,我们结婚时,我穿婚纱多好看,也没听见夸赞半个字。不过他给我拍了好多照片,都可美了。"

这对于闷闷的爸爸来说,是极高的赞赏。

* * *

爸爸说:"你的衣服要按颜色排列好,再挂起来,方便搭配。"

一会儿,他又说:"你把书放在卫生间,它会受潮的。书要放在书柜上,不要都堆在床上。"

如果我的某个行为使爸爸的耐性濒临极限,那么他的建议就会变成反问句。

"你为什么就不能把钥匙放进储物盒里,一定要丢在茶几上?"

他又说:"你为什么就不能把毛巾码平,再挂起来?皱巴巴的,总潮着,滋生细菌,你不怕长痘痘了吗?"

他继续说:"你们为什么就不能把药按功效放在不同的药盒里,非要把胃药和感冒药放一起?"

我也忍无可忍了，说："您能不能别唠叨啦？"

爸爸不再言语，默默地把那些反问句都一一纠正了，而我和妈妈只管做甩手掌柜。

爸爸对秩序的追求，使我和妈妈常常觉得"这样活着也太累了"！

但当我们享受着秩序所带来的便捷时，不得不认可爸爸的那些"唠叨"十分在理，他是发自内心希望我们能活得简单些。

当生活被"累"着打理得当，生活也就轻松了许多。

爸爸有着处女座都有的优点——追求完美的同时，又能坦然地接受那些不好的、糟糕的。当爸爸默默地消化情绪，脚踏实地地做事，将几近完美的结果展示给我们时，他不是为了取悦谁，或是向谁证明自己有多厉害，而是仅仅在为他自己的努力感到自豪。当然，他也会以此给予置疑致命一击，尽管那个置疑声是来自自己内心深处的。

爸爸十分好面子，表露糟糕的情绪是有失体面的。但更重要的是，那些情绪的表达在他的眼里，非但不会利大于弊，还会给别人增加许多烦恼。

当你成为处女座的"自己人"时，就会感受到他们的无私，看到他们最好的一面。但当我看到病重的爸爸也会和我一样愤怒、伤心，会和我一样失控时，我才意识到他也有情绪，而且情绪很大。

他把我骗了……

而我总想通过我做的那些"葛"事儿，得到他的认可，渴望成为一个让他骄傲的女儿。他对我的一点点肯定，就让我爽得瞬间飞天。但他见不得我飘飘然，即刻又给我泼上一大缸的冰水。他的样子挺严肃："这是你应该做好的。"我只好让自己从天上降落。

但我知道他那样说是为了让我不要沾沾自喜。而我也不该忘记我的每一次成功和每一次失败都有爸爸在我的身后，默默地支持我。他总是以一个完美的样子出现在我的面前，他不使用他的"父权"，对我除了宠爱，就是包容。

* * *

爸爸就没有缺点吗？

* * *

他当然也有不好的那一面，但当我试图将其一一圈出，我才恍然大悟，不是他有多完美，而是爸爸把他最好的那一面给了我，所以我只能看到他的好。

爸爸让我知道，人的善良便是：我很强大，但我不伤害你；你很弱小，但我愿意倾尽所有帮助你；我也很脆弱，但我不愿让你为我担心；我也是一个人，但我爱你，比爱自己爱得更深，我甘愿藏起自己的不好。

我的爸爸不完美，但我为他自豪，他是全世界最完美的人。不完美才是完美。

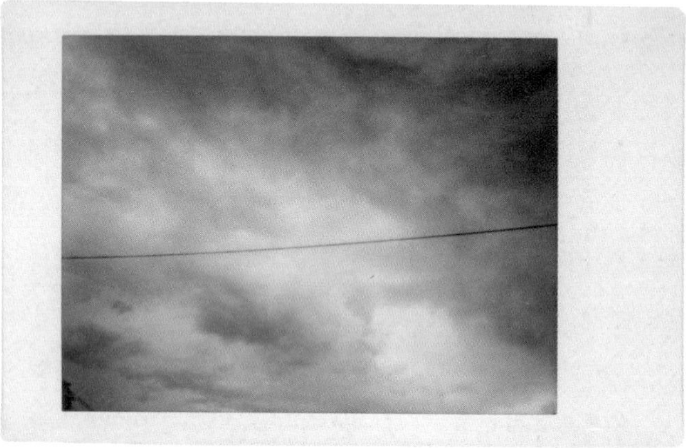

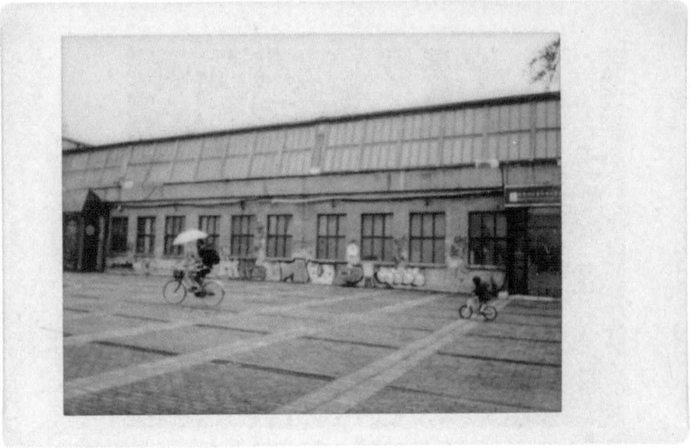

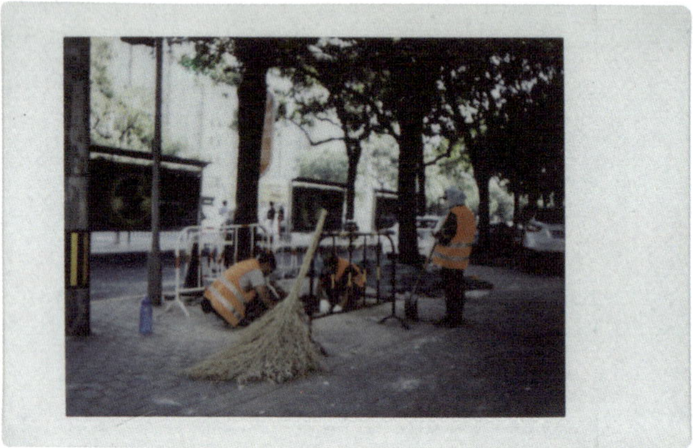

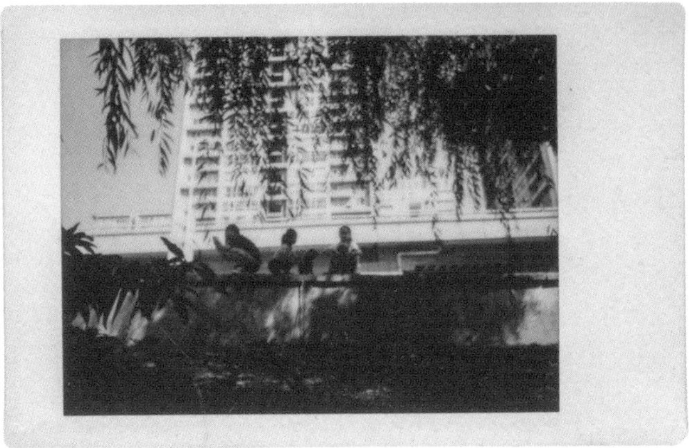

04
观礼

在秋天结婚。

已经参加了许多场婚礼了。当我去参加最好的朋友娟生的婚礼时,我心想,什么时候轮到我自己呢?

自我的初恋以分手告终后,我对婚姻的态度从对其有所幻想变成了"没什么态度"。结婚?那是离我十分遥远的事情——有这种想法是不难理解的,二十多岁的我连自己是喜欢爱情本身还是喜欢那个人常常都分不清。

我喜欢谈恋爱,尽管每段恋情都以分手为结局,但我总能用一句话宽慰自己,也利用其彰显自己的"洒脱"——不合适,分开才最好嘛。

在这一点上，我和娟生的态度是一样的。

娟生，身高近一米八，身材纤细，水滴形的腿又长又匀称，走起路像一只优雅的火烈鸟。她的五官单拎出哪一处都好看。我尤其爱她的眼睛，像极了波斯猫的碧眼。她凝视我的时候，仿佛整个世界都亮了，我的心也软绵绵的。

我们的关系很亲密。我们总是静静地聆听彼此的故事，开心的，不开心的，无论是感情还是工作，聊天没有禁忌，连同自己的小秘密也愿意和彼此分享。

这座建在长城脚下的红房子里，红色的玫瑰和我叫不上名字的红花，装点着整个空间。大概是因为我们的心脏和血液都是红色的，所以那些喜庆的红色装饰物便成了热血和热爱的象征。

"怎么突然如此感动呢？"和这对新人与他们的父母打过招呼后，我穿过人群，走到露台透透气，"我不是一直挺抗拒婚礼的吗？"

在我看来，婚礼是一场流程复杂，使美丽的新娘脚疼，使帅气的新郎大醉的辛苦表演——一定要这样做，才能相信发生在自己身上的感情是幸福的吗？一定要这样做，才称得上给父母一个交代吗？幸福与否，需要得到许多人的祝福吗？

可现在，当我独自站在露台上时，远处绿色成黛，我幻想了自己的婚礼。我的爱人向我求婚时，在场的只有我们二人。我喜欢海岛，我们一起商量在哪个季节去最接近天堂的塔希提岛举办婚礼。在上午十点或是下午四点的海边，我穿着款式简单、能将美丽的肩颈裸露出来的白色婚纱，打着赤脚，让金色的沙砾作为我的婚鞋。我们抽签决定由哪位知己做婚礼的主持人，在即兴的主持下，一切都是那么轻松，就连打磕巴都是可爱的。在亲朋好友的见证下，我和爱人手挽着手，接吻，拥抱，交换戒指，许下爱的诺言，笑得像小孩一样。礼成后，我们以新的身份和大家一起喝果子酒或是冰啤酒；我们捧起比脑袋还要大的椰子，椰汁是那么清甜；每个人都随着音乐自由地跳舞；我和爱人牵手走在海边，温温的海水打湿我们的脚，我提出和他进行一场跑步比赛，跑输的人负责收拾行李……

* * *

将入场的新娘是一个大美人。

宾客们已在露台落座。娟生一身白色婚纱，挽着父亲的手臂,从红房子缓缓走出,父女二人走进阳光中,走向娟生的爱人。

听着爱的誓言,但我的眼神始终停留在娟生的爸爸身上。当他亲手把女儿的手递给另一个男人时,他的嘴唇紧紧抿住,努力克制,不在孩子面前暴露一丁点儿脆弱。

"去吧。"娟生爸爸说。

此时,我又不想结婚了,没有谁比自己的爸爸妈妈更爱自己了。可是爸爸告诉我:"一个人懂得包容的时候就是长大了,人总是要长大的。"那时,我心里一百个不愿意,包容多累,隐忍多累,好像每天都戴着面具似的。做孩子多好,想笑就笑,想哭就哭才痛快。

"你长大了。"当爸爸见我不曾流下一滴眼泪时,他这样对我说。他心里明白我有多痛。爸爸一边把我当孩子宠爱,一边又希望看到我的成长。父母一定都很纠结吧?

成长的代价有许多,其中之一是——我不再像孩子一样,我要隐忍,收起脆弱,要在快要倒下时,挺直脊梁。

我做到了,爸爸也走了。

四起的掌声将我唤醒,娟生和她的爱人相拥在一起。太阳和大地,山谷中的鸟群都在为他们祝福。那些生活的难,从此之后，他们要携手渡过了。

"或许，婚姻是生活的另一种形式，幸福与否取决于他们的勇气和爱的能力。"

娟生就是这样想的，她说："他让我觉得这个世界更美好了，人也更善良了。无论未来做任何选择，做任何事，都有他懂我，支持我。"

我很羡慕，尽管我知道羡慕没什么用。但至少在那一刻，我相信爱的能量是真、善、美，它可以化解悲伤和仇恨，释放善良和温柔。喜宴上怒放的花朵，它们像是告诉我——喂，你要珍惜这个过程！

朝夕值得被珍惜。那个与我结为连理的人，会在我抱着马桶呕吐后，为我递上一杯温热的水。在逛超市时，我会买许多他爱吃的食物。一起看望老人时，我们吃光他们精心准备的家常菜，在饭后，陪他们说说话。在每个相拥而眠的夜晚，我们为了不吵醒对方而小心翼翼地变换睡姿。也在每个清晨亲吻彼此，然后笑话对方的头发像爆炸了一样。喜欢喝热水的，便喝热水。贪凉的人，便喝凉水。一起吃饭，互相尊重彼此的口味。当我经不住香辣味道诱惑的时候，我的爱人会因担心我又犯痔疮，而让我只吃三口。而我像一个调皮鬼，偏要吃五口，然后在第二天和他撒娇："早知道听你的话就好了。"

* * *

仪式的结尾，端着喜酒的娟生和她的父母相距半米，她哽咽道："你们给予了我一切，一直支持我、尊重我，谢谢你们……"

她的妈妈说着祝福话，她的爸爸在偷偷地用手背抹眼泪。那眼泪是因为不舍，还是在为这颗掌上明珠开始了另一种生活而欣慰呢？

但我知道，无论孩子过着何种生活，父母都是不够放心的。生活并没有因为我们的年龄增长而变得轻松，我们反而过得更加忙碌。自我们成年，担子就已经架在肩上。之所以我们感受不到疼痛，是因为父母的双手将那些重担一一扛起。当他们老了，病了，那些担子就像从天而降的巨石砸向我们。我们被砸蒙了。即便婚姻提供了两个人一起面对困难的可能，但无论如何选择生活，祖祖辈辈大抵如此循环——解决温饱，维系家庭，发展事业，照顾老人，教育子女……

我不知道这些几近压倒我们的难题能否迎刃而解,但我们必须迎难而上。生活的循环是父母一步步经历过来的,他们走得越坎坷,越是想把生活的经验传授给我们,让我们少走一些弯路,少受一些苦。

我早已身在其中,却不自知。

爸爸对妈妈说:"我还能陪你多久呢?"

爸爸走了以后,妈妈说:"我能陪你多久呢?"她便不再多言。是啊,谁能陪谁一辈子呢?花与叶陪伴一时,却陪不了一生。

我感觉自己是一个懦夫。这并不单单是因为我在逃避难题,而是我没有尝试新生活的勇气。最要命的是,先前,我把责任一股脑儿地推卸给了所谓的"潇洒",之后,又把"躁郁症"拿来当我的挡箭牌。

热闹的喜宴结束后,宾客散去。一个约莫五岁的孩子揪住她的妈妈,想要桌上的红玫瑰,这使我想起尚念幼儿园的我站在家门外的小花园前追问爸爸这是什么花儿,那是什么花儿。

爸爸告诉我粉色的是月季花,白色的是玉簪花。

我指向花园里一朵打蔫儿的白花,噘着嘴:"它都不好看了。"爸爸采了一朵盛开的玉簪花,将它别在我的耳朵上,说真好看。

他还告诉我明年暑伏的时候,它就又开了,会更好看。

懵懂的我没有听懂他在说什么。

随着年龄的增长,我见识了许多生命的死亡。当我必须接受爸爸死亡的事实时,我才知道讲述死亡也是一道难题。我也理解了爸爸对死亡的描述为何仅仅是"去了另一个地方"和"明年还会来"。

在爸爸入土为安的那天,妈妈和我说:"你爸在天上,他什么都看得见。"

我想,他一定在日日夜夜地告诉我——

我的孩子,
去看看春泥,再看看北归的大雁,
不要为我的离去而神伤,
我只是先一步归去,
煮茶,备饭,等你们。

夜风有些凉,我感慨今晚没有月亮,有些低落。

娟生说:"兴许明天就有了。"

"兴许",是一个有意思的词,它带有一种对未知的想象。

曾经,我也是娟生那样的一个人,对生活有着大大的勇气,也有着许多的乐观。

此刻,我想把"她"找回来。

当我找到自己,重新爱上自己时,我也会结婚吧,在金秋的某一天。为什么是秋天?因为那是爸爸出生的季节。

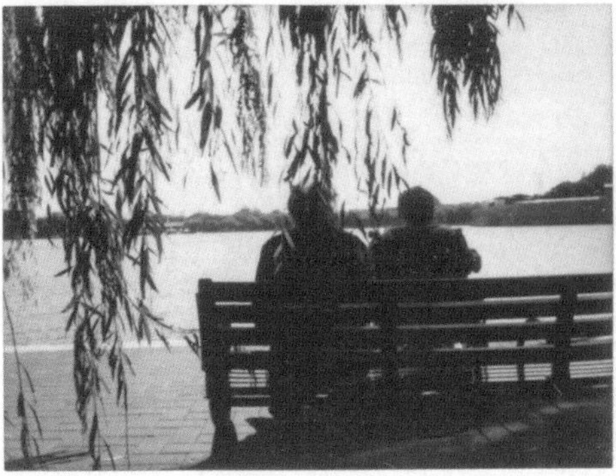

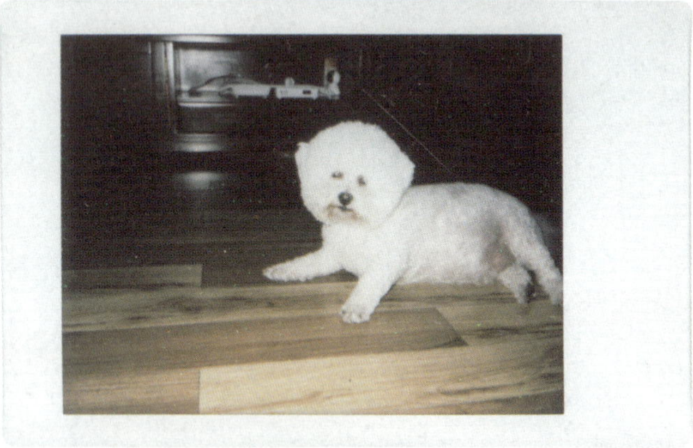

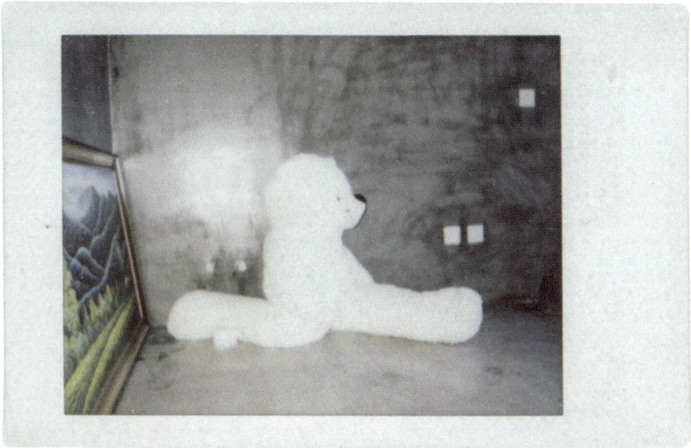

05
忽然很想文身

许多许多爱。

我的第一个文身,单一个字母"Z"位于左手的手腕内侧,由于日常生活中手腕朝下的时候居多,所以它很难被发现。

每当被眼尖的人问及这个文身的含义时,我常常将此调侃为"佐罗",听者一笑了之。交往过的对象大多对此刨根问底,我出于坦诚相待,或者说是我出于私心,不想有隐瞒事实的心虚感,更不想将文身一事发酵成一场吵架,那实在是太让我抓狂了。我大方地承认"Z"是我初恋的姓氏。

"Z"的存在要从十多年前说起了。

2009年年底,我选了一个有着蓝天白云的晴朗天气去文身。文身师叫冬贝,她是一个两只手臂都有文身的女孩,这让穿了一身黑衣的她看起来更酷。

冬贝听闻我要文一个代表姓氏的字母,说:"这是一种玩笑话,文对象的名字会分手哦。"

我说:"没事儿,已经分手了。"

她说:"那行,我给你拿字体,你选好告诉我。"

我的视线在无数个字体里迷失。就连文身都是在做选择题,还要为此负责。我想。

"我真的看晕了,要么盲选一个?"

"都可以,你喜欢最重要。"冬贝说。

文身师对图案的设计和技术的表现力都很在意,但文身是私事,客人喜欢和满意最重要。

我盯着朝天的手腕,看着细细的针管一下一下地刺入肌肤。

文身师问道:"你真的不疼吗?"

我说:"没什么感觉。"

一丝血从所刺之处渗出,我的视线转移至专注于工作的文身师身上。她的眉眼很美,如果不是我有些害羞,一定会和她说:"你的眼睛真好看。"

她说:"许多人都觉得文身很疼。"

我打趣道:"我对疼痛的忍耐度比较强,可能是小时候追跑打闹总受伤,锻炼出来了。"

冬贝被我逗笑了。我想,果然哪,看起来酷酷的人,笑起来都憨憨的。

她摆正了我的手腕,说:"你不要动哦。"

我想,心痛到极致,肌肤之疼也就无足轻重了吧。

每一针都在提醒我,我已经失去了Z。不计后果的文身是我在给那段纯真的爱情故事做一个"仪式"般的完美收场。而这场戏是我的独角戏,因为Z全然不知我做了这种事。即便他知道了,也只会心疼我遭遇了疼痛,完全不会为这个文身与他有关而沾沾自喜。"Z"也在提醒着我曾被一个善良的人深爱过。

"Z"不仅仅是一个具体的人,更是一段纯真,夹杂着笨拙和幼稚的爱情故事。感情的最高级别不就是如此吗?没有利益的拉扯,只有孩子般的简单与怜惜。

当"Z"被视为"情敌"时,我审视自己。我是不是在做着无意义的计较,计较着曾经发生过的种种?当我意识到每个故事都真实地发生过，只是每个人对爱的表达方式不一样而已时，我已经错过了三四个真心爱我、待我好的人。我对自己的自私十分无奈。

我应该无私些。既然爱着，那么就为对方做出一些改变吧。然而令人啼笑皆非的是，就在我将"Z"印刻在自己皮肤上时，我再一次变成了单身。我究竟要怎么做才是表达爱意，并让对方感受到呢？向对方提出的"要求"做出妥协吗？还是为了让关系更加和谐，做一番讨好呢？

一场接一场地审视，审到了2020年。我仍是单身一人。

被我深爱的人，除了Z，谁都没有被我文到肌肤上。而"Z"仍在那儿，它没有被修改，也没有因为被洗掉而变成一块疤痕。

这些年，我动过添新文身的念头，但都是以"没想好文什么"而搁置。我需要用文身去表达感情或某种态度吗？

前不久，我在理发店新认识了一个小伙伴，她叫彦彦，是一个长得很好看的北京女孩。让我惊喜的是，我虽然病着，但和她挺聊得来。我们聊天的时候，聊到了文身。

彦彦说："我有点儿想文身。"

我说："我也有点儿想。"

她问我想文什么图案，我说："我想文一个桃心，在我的手指上。"

彦彦没有问我为什么，或许这就是我们聊得来的原因吧。过了一会儿，我收到了她发给我的文身图案，每一个都是桃心的。我一边看，一边感受着自己内心的轻松，那是一种不为谁去改变自己的轻松。

我和彦彦说："咱们说得好热闹，结果是，你想文身，但我文了，你没文。"

她说："我肯定文！"

文身是一件幸运的事情。文身师对客人的"放鸽子"行为十分无语，尽管人已经坐在了文身室的椅子上也可以改变主意，它的代价是损失一笔钱和收到文身师的白眼儿。人生中的许多事情是没有退路的，花再多的钱，许再多次的心愿也无法改变。

既然决定了，那就快去文吧，否则文身又要"光打雷，不下雨"了。我已经磨磨蹭蹭了许多次，不能再让这种事发生了。

这颗即将被文在右手的无名指上的桃心，就是我的心。这颗心，它破碎过许多次，也曾在至暗时刻变成了一颗巨型的冰坨，它的大门被我封锁，但它的星星点点之火仍未熄灭。我需要给予这颗心一把火，我需要给予自己一份重生的希望。出于对浪漫的喜爱，我以文身的形式给予这份希望一种仪式感。

至于这个文身为什么是在无名指，我和彦彦开玩笑说："它的意思是，你管我结没结婚呢。"这是我唯一可以珍视的自由，不会蹩脚地为谁改变，而是在对爱情怀有希望的同时，全心地去爱。

我抬起的右手，食指戴着爸爸送的戒指，无名指是我的那颗跳动着的火热的心。我祝福自己——病人也有爱，许多许多的爱……

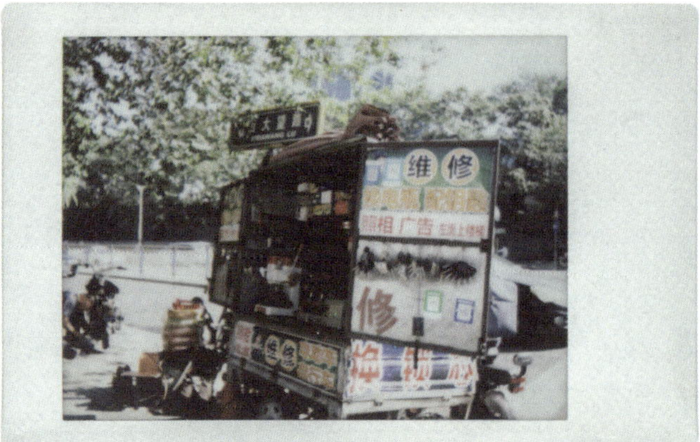
維修
广告
修

06
当家中有两个水瓶座

又像，又不像。

"那个男的可坏了，总打媳妇儿。"妈妈愤怒地说。

我问："谁啊？这都动手了，离婚啊！"

妈妈："嗐，电视里演的。"

我："……"

妈妈和我讨论起来："这男的当初追求时，对人家那么好。嘿，把人娶进了门，就动手打人，真是一个超级大变态！最让我生气的是这女的居然不离开他，就忍着。这是为什么呀？活受罪！"

"你们那会儿离婚的少吧？"

"那也不能天天和变态在一起呀。"

我说:"要我,早离了。"

她用力地点点头:"对,我也是,家暴必须离。"

妈妈的退休生活由备饭、做家务、种花、遛狗、各种聚会和看电视组成——"待着也是待着,总要找点事情做"。

爸爸离世后,她的社交活动断崖式降为零。时间一久,妈妈逐渐恢复了。虽然她没了老伴儿,但她擅长宽慰自己:"咱们院儿,好几个和我年纪相仿的,都是自家男人先走的。"

疫情的突发使人们宅在家里。但即使疫情得到了一定控制,有着强烈求生欲的妈妈,仍选择了继续居家,她像一句鲜活的宣传语:"还是要多注意,少聚集。"

宅家,她就更抱着电视了。内容嘛,无非是一些家长里短的大宅院戏、热热闹闹甚至有些吵的综艺节目,而知青故事最受她喜欢。

妈妈笑着说:"仿佛看到了我们的过去。"

通过剧情和她的描述,我对她的青春有了大概的了解。

她也年轻过。不同的是,在最美好的花期里,她去插队了。知青生活是日复一日地在田地里干农活,通过劳动赚取工分。围巾和手套是她在插队生活里收到的最好的礼物。顿顿饭吃窝头,窝头使她更加想念妈妈做的饭。组织发来的回家通知,使她泪流满面。返城的妈妈追求时髦,自己攒钱买,或是收到礼物——从广州进京的衣服,有显腿长的喇叭裤,显纤腰的花裙子;能遮住她大半张小圆脸的蛤蟆镜和让她更漂亮的化妆品。

每每调台遇到谍战戏,妈妈便说:"你爸就喜欢看这种戏,我不喜欢。舞刀弄枪怪吓人的。以后再也不用看啦。"

《欢乐二打一》依旧是每天晚饭时必看的节目,她吃早饭时必看《北京新闻》。即使在爸爸走后,这习惯也依旧保持着。

我想,等我和妈妈差不多年纪时,大概其也这样吧。无论年纪多大,做着怎样的职业,都在做着同样的事情:为了赚钱、养家、解闷、哄自己开心、让生活越来越好。

我和妈妈对电视节目的喜好不同,我喜欢看电影。"我已经看很久了,你看会儿吧。"她将遥控器递给我,自己则窝在卧室的一张皮质沙发上,戴着她的金边眼镜看书,总不忘感慨一句,"唉,我真是老喽,看完一行,还要重看一遍,要花成倍的时间才能看完。"

电视被我和妈妈轮流"抱"着。偶尔，我陪她看会儿电视。但更多时候我和她的选择一样，将整个客厅给彼此，回到自己的房间。

我们都很知道如何舒服地给予对方空间。

* * *

我和妈妈都喜欢以清静的模式开启新的一天，因为我们都喜欢早晨，也喜欢吃早饭。在我们的心目中，早饭是除了睡眠以外，一整天的能量来源。

每天起床后的一小时，是我一天中最不想说话的时段。妈妈对此再清楚不过。她总是安静地在卧室里待着，虽然醒了，但不出屋，直到她听到防盗门被我轻轻地关上。

而这一点，我是遗传了她的。我也总在她出门遛狗后才起床。

而爸爸却总乐于在早上说个没完："哎呀，快起床，吃早饭啦，今天的早饭很丰盛嘛。"

妈妈说："你能不能歇会儿？这大清早的。"

爸爸一脸委屈："我都歇一宿了。"

我和妈妈的生活习惯也有不同之处。比如，她以前就喜欢把剩菜留下来，第二天继续吃。而我会在当天的晚饭后把剩菜都扔掉。为此，我们是吵过嘴的。妈妈觉得我那是在浪费粮食，而我认为吃剩菜对身体不好。好就好在我们都愿意交流，我们的解决方案是：吃多少，买多少。两个人吃，多做些；一个人吃，少做些。这样一来，不仅避免了浪费粮食，还避免了拌嘴。

和妈妈同住，最大的问题莫过于对彼此的生活指手画脚。不仅仅是年轻人，妈妈也会对此不悦："我都一把年纪了，你能不能别管我了？"

妈妈是老了，可是她也有社交圈和兴趣爱好，为什么就不能和我一样去做她想做、她喜欢的事情呢？作为子女，只要是不伤害身体健康的事儿，我都应该支持她，就像她和爸爸支持我一样。

疫情有所缓解，妈妈想出去散散心。对此，我表示一百个支持。我将票务信息和各地的天气告诉她，想去哪儿，由她自己决定。买票、收拾行李、送站，这些出行琐事，我为她办妥。

我和妈妈能生活在同一屋檐下，除了尊重彼此的生活习惯，那就是以"我不管你，你也别管我"为原则相处的。大概只有这样，我们才会让自己舒服，也让对方舒服些。最亲的人就是父母了，血缘关系更需要我们用心经营。

妈妈的养老问题是我必须要面对的。她现在身体挺硬朗，爸爸又刚走一年有余，聊这些为时尚早。怎料妈妈主动和我聊了起来："在哪里都不如在自己家，可我觉得养老院也挺好的。总之不能给你添麻烦。"这让我有些心酸，说到底，还是父母为孩子着想的更多一些。

* * *

妈妈遛狗的时间越来越长，她说："和邻居们说说话，聊聊天。"

我有点儿责备自己，我应该多陪妈妈。

吃什么，是一起看电视时妈妈必问的问题。

她见我不吭声，便追问："你想吃什么？我提前准备。"

我说："菠菜！"

她总是开心地说："好！我去买。"

虽说大原则一直被我们遵循，但我仍旧不停地嘱咐妈妈不要吃辣的，也要少放盐。起初她还"嗯""啊"地应付了事，但我唠叨得多了，她便有些不耐烦："你怎么和你爸一样一样的，嘟嘟个没完没了？你又不吃，还总要管我吃什么。"

我："……"

于是我更加理解爸爸为何总是反复叮嘱了。

妈妈的口头禅是："你爸都管不了你，我管你做啥？管了也不听，我还给自己添堵。"

而与此同时，她又希望我能听话，比如好好吃饭，早点睡觉，该休息休息，别让自己太累。

而我呢，也对她有着类似的希望，只不过还有：别看太久电视，出门时记得带钥匙，手机要随身携带，睡觉时在身边放一杯水……我们都在心里惦记着，嘴上唠叨着，但仍各做各的。那些唠叨话就像白说了一样。

两个人在同一空间里，都能敏锐地察觉到她今天的心情怎么样。如果发现对方心情不够好，都会默契地选择安静，这种办法对缓解情绪十分奏效。自己安静够了，就开始和对方没话找话。

我问："今天麦扣怎么样？"

妈妈哈哈笑着说:"你可不知道呢,今天邻居拿肉肠逗它,这小家伙就追在人家后面讨肉吃,都追进人家里了,我是一点办法都没有。"

我摸摸麦扣的脑袋:"您管管它,要懂礼貌。"

妈妈说:"它开心就好。"

妈妈说得对。我们又何尝不是呢?

妈妈十分支持我每天锻炼身体。一盆泡脚水就是她对我的支持。

她说:"要是我自己,就懒得泡脚啦!"

我说:"能意识到自己的惰性,是好事。"

她说:"你又给家里瞎花钱。不过你新买的这个泡脚盆很好用,还好看。你和你爸一样,品位好。"

什么事情,她都能和爸爸联系到一起。其实我也一样,只是我把那句"我爸如何如何"咽进肚子里了。

我总在泡脚的时候偷偷观察妈妈。如果她对着电视一会儿嘎嘎笑,一会儿念叨剧情,那么我就会安心许多——她今天过得挺开心。

可如果我发现她静静地坐在沙发上,电视屏幕仅仅是一个背景声时,那么我就选择安静。

但无论妈妈心情好坏,她总是和麦扣挨在一起。她对麦扣说:"你比你姐姐和我更亲密些。"

她说的是实话。在我的记忆中,我很少和妈妈撒娇,也不会像麦扣一样,把身子靠在妈妈的怀里。

我想,这是为什么呢?我也很爱她的。

当我想到爸爸也很少和妈妈牵手走在马路上时,我便明白了每个人对爱意的表达方式是不一样的。

我第一次抚摸爸爸的手时,他的身体像是被点穴了一般。当麦扣的脑袋和往常一样,搭在妈妈的左腿上时,我模仿着它的样子,将下巴搭在妈妈的右腿上,妈妈的身体先是一僵,然后笑着说:"你俩可真行,我的腿都要被你们搭断啦!"

我坐起身,有些害羞。

妈妈和麦扣说:"还是我们麦扣更轻些。"

我在一旁咯咯地笑。我和妈妈都在以各自的方式表达着对对方的爱。

比如,看似撒手不管的关心。

比如,每天晚上会说:"我先睡啦,你也别太晚。"

比如,在同一天买了同样的食物,嘴上都嘟囔着:"早知道我就不买了。"但心里都在为对方想着自己而高兴。

比如,一起包饺子,妈妈和面、擀皮,我来包。饺子一出锅,便听到妈妈的夸赞:"你包的饺子永远不破,比我强。"

再比如,我们或是默契地保持安静,或是一起嘻嘻哈哈地聊聊时事,也说说家长里短,聊聊今天做了什么,发生了什么有意思的事情,就像两个同居女友一样。

家中有两个水瓶座,我们又像,又不像。我们尊重彼此,但我们也会因为芝麻大点儿的事拌嘴,五分钟以后就和好。我想,一家人是这样吧,和星座无关,也和时间无关。

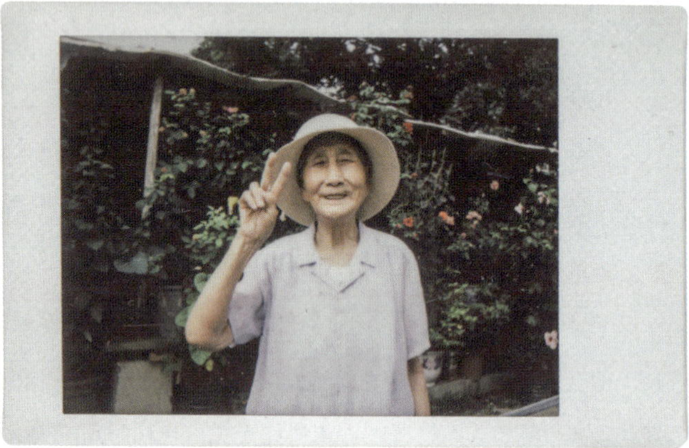

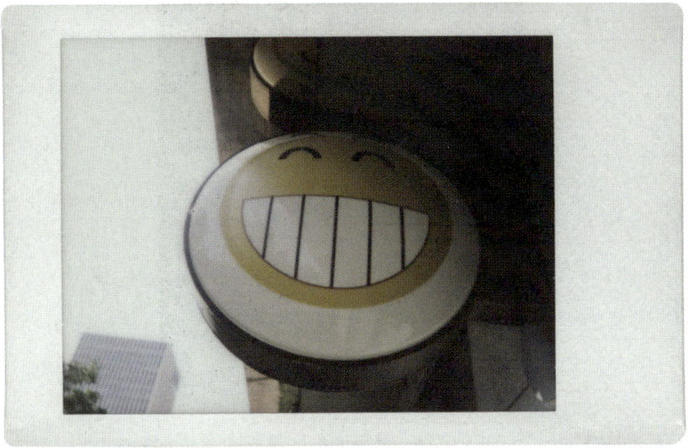

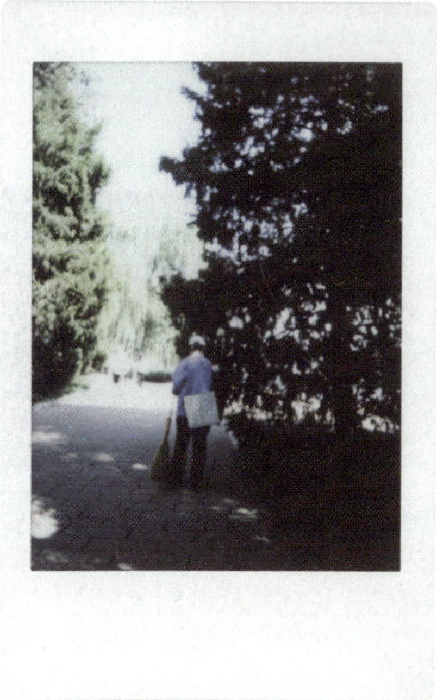

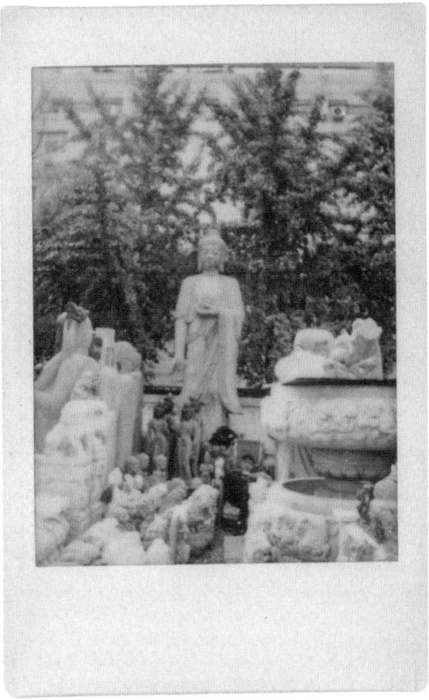

07
一天

> 每一天。

昨天夜里读书有些走火入魔，这是一件很难得的事情，因为我不是一个喜欢读书的人。快到凌晨一点的时候，身体表现出来的症状使我断定会失眠——眼睛发酸，上下眼皮虽然能开合，却有些发木。困吗？困。但眼睛闭上又睁开，如此反复，于是双眼盯着前面漆黑的一片——我想睡觉。

数羊对我很难起到助眠效果，便作罢。当读书这种日常中最佳助眠方法在此刻突变成为失眠剂时，我在合上书本后，胡乱想着前一天做的梦。

我是一个极少做梦的人。在爸爸去世后的第三天，妈妈便和我说她梦到了爸爸，从她对梦的总结性陈述中，我能感受到她的克制——她实在不想再在女儿面前哭了。而我，仍以一贯的"耍贫嘴"吹散了那团飘在我们头顶的乌云："我和我爸说了，谁要是欺负我，您就托梦去拧那个人的耳朵。我爸拧您耳朵了吗？"妈妈总是像一个捧哏的搭档，对我回应一句："说得跟真的似的。"

我曾和画梦的艺术家聊起过梦境，他问我是否有记住的梦。面对记忆不太清晰的事情，我总是直截了当地回答——不记得了。他说："可能是你的能量很强，所以梦很少来找你。"

这番说法使我对梦境好奇起来，我开始认真回忆。一切发生过的，是不是都可以被唤醒——我梦到过虫子，但我和虫子发生了什么样的故事，我记不起来了；我梦到过一个身穿白色上衣的男人在海边和我求婚，但我没有看清他的面孔。在徒步进藏的路上，高原反应使我濒临死亡，在那一刻，我看到了离世多年的爷爷。我在鬼门关溜达了一圈，醒来，退烧了。爷爷一定是希望我活下去。

我常说梦话，但这都是我从别人那儿听来的："嘟嘟囔囔的，听不清楚你在说什么。还经常激烈地踹被子，每宿两三个回合,不知道你到底梦到了什么,跟打架似的。"这让我更加好奇,莫非只是我的记性不好,而不是做的梦少?

为了得到答案,我等待着梦的到来。它可能是听到了我的召唤,我刻意用力地将昨夜的梦记了下来。我梦到我的一个异性朋友在一辆白色的轿车里和一个女孩缠绵,当我把脑门贴在车窗上,冷静地敲玻璃时,我把自己敲醒了。醒来时,我没有冒冷汗,也不口渴。这就很有意思了,我不知道为什么会梦到他。当我将这段梦中"艳事"讲给他听时,他说:"你忘了吗?我的车是黑色的。"

我确定自己是一个爱做白日梦的人。汽车堵在路上时,我会以此场景排演一场戏。有时,我将自己想象成一个超级英雄,拯救需要帮助的百姓;有时,我幻想收到了心上人发来的信息,心里甜甜地拿起手机,却落了一场空。当我没有确定自己特别喜欢一个人时,我分辨不出自己喜欢谁多一些,好像都挺喜欢,又好像都不怎么喜欢。

和许多人一样,我常常看不懂自己。

药物干预使我很少失眠。睡得很沉,也因此更加难以记得梦境。

* * *

立秋后，我重拿起拍立得相机，每一次我摁下快门，心情就会变得更好一些。当时买它是想记录爸爸最后的快乐时光，可是收到它时，我已经举不起来它了。似乎一夜之间，爸爸虚弱到仅仅靠一口气吊着，我实在不想也无力拍下那些痛苦。现在回想，我并没有觉得遗憾，因为一家人始终在一起。

十场秋雨要穿棉。在北京，距离穿厚外套还有七场雨。今年的夏天比往年显得短暂："都是疫情闹的，要不我早就……"许多人病了，生命的意义成为所有人的思考题。

春天时，不得不出门的人都走得挺着急的，赶紧回家躲开病毒。疫情得到控制时，刚巧入夏。街上的人多了起来，酷暑使一些人摘了口罩，把它套在胳膊上，或是揣在兜里。也有一些人仍戴着口罩——"闷着总比生病强。"

逐渐地，大大小小的饭店都挤满了人，疫情使人们更想和亲朋好友聚一聚，"珍惜"二字成为实际行动。相见时，情绪难免激动："我们快一年没见了，可真不容易。"

公园里，玩耍的孩子咯咯地笑着，他们的家长在阴凉处聊天，扇着扇子驱赶蚊子，那种自在，一如往昔。

一大早，我到公园里例行散步。头发花白的两位老人吸引了我的注意，一人弹吉他，另一人吹长笛，合奏着轻快的歌曲。听众不多，但每个人都在笑着。我们每天都在经历着疲惫和抗争，意识到痛苦，才会在残酷中发现这些美好吧。

我坐在公园的长凳上发呆。我是那么平凡，没有后悔药，也没有任意门。我的救命药丸不是医生开的处方药，而是我自己。我的上身往椅背上一靠，谁说成年人的世界不能因为发呆而开心呢？

今天，生理期的第三天，没有发生惊喜和惊吓的事情，我确定这一天是我的人生册页上平凡的一天。但我相信在未来的某一天，我将意识到尽管它是平凡的，但也是意义非凡的。光阴流逝，天亮了，新的一天开始了。没有人知道将至的日子会发生什么，而我对"新"这个字有了更敏感也更深刻的认识——

冬天破旧得掉渣儿的墙皮，现如今已被砌好了。

一个帅哥坐在咖啡馆的门外，一边喝咖啡一边看书，阳光刚巧照在他的身上。

一个小女孩问爸爸临街饭店招牌上的字念什么，她的爸爸说:"妈妈手。"小女孩说:"妈——妈——手,爸爸,妈妈什么时候回家呀?"

一根足有我小臂长的丝瓜挂在藤上,等待栽种它的主人将它采摘。丝瓜炒蛋是它的另一种生命形式。

一个阿姨踮着脚给她的孙女抓挂在树枝上的羽毛球,疫情让孩子的假期更长了。

麦扣住院了。我家的小病号因为重度牙结石导致脸蛋肿起一个大包而做了拔牙手术,虽然比我们想象中要难照顾一些,但九岁的麦扣"老当益壮",恢复得还不错。下午,我去住院部探视了麦扣,给它送去了它喝水必用的小水壶。妈妈和我的心终于踏实了。

差不多的一天。平凡的一天。每一天。好好过,过着过着就发现了,原来幸福就在此时此刻,一个接一个。

* * *

爸爸:

这段时间比较忙,忙着给稿子收尾,也整理我用一次成像相机记录的美好瞬间。虽然有一百多张照片被我拍得模糊，但还有二百多张是清晰的。我一想到您在天上都能看得清晰，我就高兴了许多。

经历了药物带来的一系列反应后，我对食物有了些欲望。值得开心的是，我的体重恢复了些。尽管这个变化太快了，但我总觉得能和您一样，不慌不忙的。

我有一个进步。前些天，我和一个朋友约了饭局。见面前，我听了医生的建议，在开心或者紧张时，在舌头下面含一片劳拉西泮片，这会让我放松些。

朋友点了一桌子菜，说："咱们试试哪个好吃。"我看到那些菜，有点儿犯恶心。我有些害怕，心想，我不会又和以前一样了吧……我的右手用力地握住筷子，让菜和菜汤不至于洒得到处都是。我没有和他提我的病情，但朋友发现了我的开心，也发现了我的异样，因为我吃得实在太慢，也太少了。

说来也奇怪，我抖动严重的只有右手，而我是个右撇子。朋友开玩笑说："你学学用左手吃饭和写字，这也算得上增长了一项技能。"我哈哈地笑着，他总有办法将一件让我焦虑的事情说成让我感到舒服的笑话。

然而就在我自认为好些的时候，当晚我像喝了酒似的，怎么也解不开内衣的扣子。第二天醒来,我看到内衣扔在地上,我一拍大腿:"它被我剪开了,还好它不是太贵的。"

我还有一个进步要和您说,我现在说话虽然有些口齿不清,大舌头,还打磕巴,但大多时候不会失语,或是一个字、一个词组地往外蹦了。这给了我好大的信心,我自信我又恢复了一些,只是这需要时间,是个漫长的过程。

杨叔叔,您的铁瓷,他得知我生病了,说:"总是听你说你的身体不太舒服,没想到这么严重……"我不知道该怎么和长辈讲这件事,尤其在我无法接受糟糕的自己时。"来我这儿工作吧。"他说。我知道这句话饱含了您俩三十年的情谊。我也明白他在用他的方式帮助我。

我不想辜负他的一片好心,他是那么善良。我也想让您对我放心,还有妈妈,这会让她的心稳些。她说:"真好,我的心也踏实了。"

而我也在这一天让妈妈知道我病了,我和她说:"有时候我会忘记自己吃没吃药。"

她说:"我可以帮你记。"

我想,她肯定早就知道我生病了,只是没有捅破这层窗户纸。"听医生的话,别想太多,总会好起来。"妈妈对我说。

爸爸，我去上班了，到杨叔叔的公司。我的座位被同事们包围，尽管我仍会紧张，但我可以和他们正常交流。这让我又自信了一些——一切都比我想象中要好。没有人在得知我得了躁郁症而远离我。上班之于我，是我走向外面的世界的第一步。

在工作日的早上九点，杨叔叔教我使用咖啡机，也在中午提醒我要吃午饭。同事的一盆枯木冒了新芽，很小很小。我们都有一种"铁树开花"的喜悦。

中午时，我坐在落地窗的窗沿儿上，身旁是绿植，脚边是灭火器。我和同事聊天，聊我的病情，她们说："你只是生病了，会好起来的。"我也在心里给自己加油——都会好的。

当这四个字不再让我觉得刺耳，而是让我坚信我有开始新生活的能力时，我终于可以笑着对您说："您闺女还行吧，很棒，很棒，是吧？"

爸爸——

爸爸——

爸爸……

我的后背被阳光烤得暖暖的。

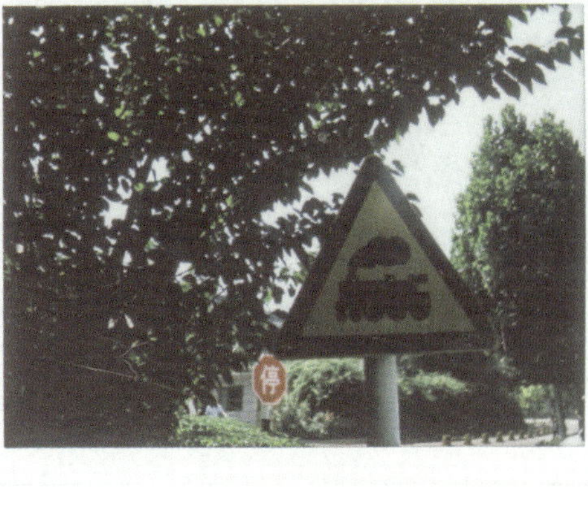
停

09
结语 我为什么要写作

一场"放下"之旅。

我像一座休眠火山。我不知道自己何时苏醒,但我知道我在等待一个时机,等待自己变成一座活火山,岩浆爆裂,释放积压在心底的情绪。

每当我的脑海中浮现爸爸垂死挣扎的样子时,万箭穿心。我想,最大的难题不是如何去死,而是在活着的时候,究竟要拿自己如何是好。

爸爸走了,我还活着。我该怎么办呢?像电影里失去至亲的孩子一样,一头扎进妈妈的怀里或是抱住爸爸的棺木,哭着哭着便双腿打软吗?

我动了那样的念头，我有权成为最悲伤的人。但我无法接受自己在众目睽睽之下将脆弱展现出来，任何人面前都不行。我拼尽全力地佯装坚强，让爸爸走得安心，让妈妈相信她的孩子有能力扛起这个家，也让所有人无法看到我的软肋。极端的要强心将我逼进了迷宫中。我迷失了方向，这使我更加沮丧。

不能被憋死——我知道。

我想换一个环境生活一段时间，也希望妈妈出去散散心。当我和妈妈说出心中所想时，她说："等你爸的一周年过去，我不想他回家看看的时候，我们都不在。"

我说："他不会怪我们的。"

妈妈说："所以更要陪着他了。"

我想，这是恩爱夫妻的生死誓约吧。

给彼此空间，是我和妈妈不必多言的默契。妈妈说："你想出去的话，就去吧。"

我出去了。然而当我离开北京，开始一场"放下"之旅时，不过三天，对妈妈的不放心让我越发焦虑，我想回家守着她。尽管我们都在克制情绪，背着对方偷偷地抹眼泪，但陪在彼此的身边便会安心许多。

只是，我要另寻他法释放了。

"写作吧。"当我的心中冒出这个念头时，便一发不可收拾。

"说出来吧！都说出来。"写作经验告诉我，文字可以宣泄情绪，抒发情感，记录成长。但写作是一件十二分痛苦的事情，过去的种种都赤裸裸地摊在面前。我无处可逃，必须面对。

写作成书——白日梦在成真一次后，我还渴望实现第二次吗？对我而言，写作意味着什么？

自从出版了第一本书，我像是穿上了一件"文艺"仙袍，成为一个看上去挺有文化的人。对此，我给予了否定，但得到的回应是"你怎么这么虚伪"或"亦凡老师，您太谦虚了"。

没有谁比自己更了解自己。真实的浅薄像一团熊熊烈火燃烧着我，我的内心无法坦然地接受他人对我的过誉。可是时间一久，我的脸皮厚了一些："也许我是挺厉害吧。其实怎样定义我都行吧。"

自小，我便把阅读当作"催眠术"，将爸爸的反复叮嘱作为我不看书的一种说辞——这会让我的近视眼更加严重。

我更热衷于合上书本，去身体力行，痛饮生活五味。我想，如果我的手中握有一把铁锤，那么我会用力地将它一次次地锤打在我的身上，那份痛楚是我对生命的探索。

妈妈和所有的母亲一样，不希望自己的孩子受苦，而写作在她的心中是一件特别要命的事情，但她仍给予我支持。爸爸的态度始终如一——"你想做什么，那就去做，试一试总是利于成长的。"

我的写作生涯，没有生存之忧。当我得到很好的照顾时，我潜心投入写作中。

只有心魔能扰乱我，我常常产生幻听。

我像一台榨汁机，开关启动时，我听到将自己榨成稀碎的声音；当我走进至暗之境时，我听到自己的呐喊。

我总是渴求能找到一条通往光明的出路，我想放过自己。

写作不是将记忆之墙推倒，而是将记忆重建，这需要很多的勇气。我不确定我会不会放弃，也不确定我的坚持是否总能比放弃多一点点。我摸着石头过河，风尘仆仆。

我不希望，也不允许自己是一个逃兵。我和自己拉扯，越扯越痛，哭久了便用仅剩的力气和懦弱大打出手，直至这场搏杀暂且偃旗息鼓。在战火彻底平息前，我周而复始地撕裂、挣扎。这场过瘾的大戏被写入历史中,成为永久的记忆。而这场戏是否足够精彩,并不需要他人去评判。

"不要再有所顾虑了,都写出来吧!"把"剧本"写在电脑的文档里、随身携带的笔记本上、手机的备忘录里。

文字是我的知己,它从不抱怨自己的境遇,它总是将我的心事静静地聆听。当我勇敢地敞开心扉时,我猛然意识到——虽然我失去了爸爸,但我拥有过满满的父爱。

虽然我和妈妈相依为命,但我们都更加珍惜与彼此共处的时光。

虽然我一次次地失恋,至今也没有体验过为人妻、为人母的生活,但也许明天我就会遇到一个人,实现对亲密关系的所有美好幻想。

虽然我病了,但也许明天我就康复了。

虽然康复仅仅是一种希望,但有希望就是好的。

诸多的"虽然,但……"都在写作的过程中,逐一被我发现。

将写作视为把我从痛苦边缘拽回来的绳索,丝毫不为过,它是迷宫的出口,也是一颗解我心病的救命药丸。我不想死,我想活,所以我写作。

写作是一件私事，但它是伟大的——当我在"今天"看到的不仅仅只有伤痛，也有许多的美好瞬间时，我真正地和"昨天"道别，也放过了我自己。

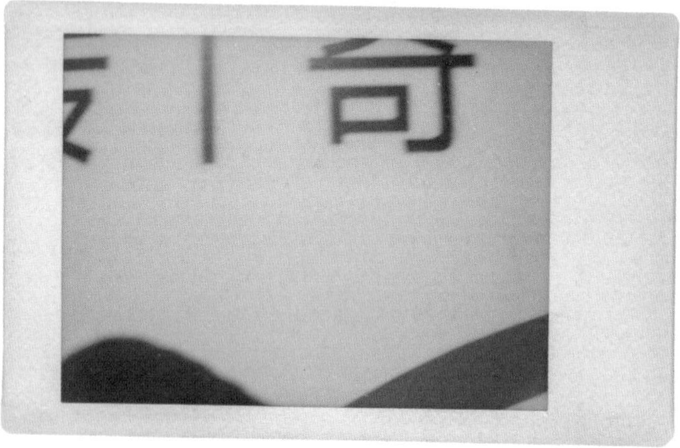
奇

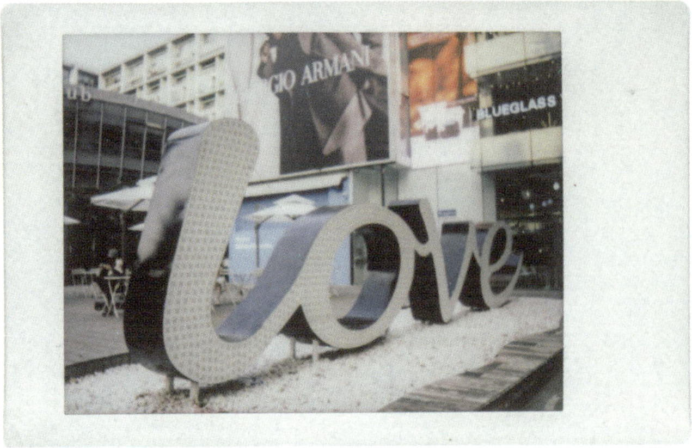
GIO ARMANI
BLUEGLASS

对话，探寻，亦是倾诉

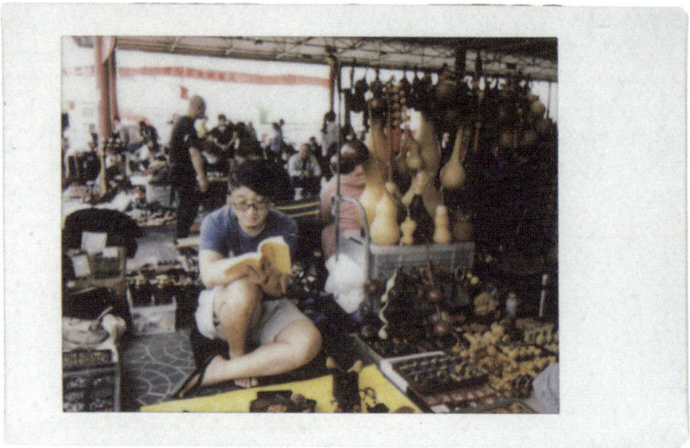

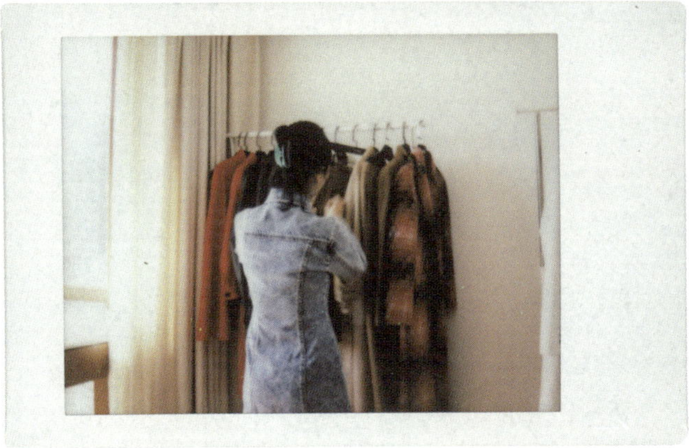

鸡汤都是有感而发的,是每个人都可以"熬"的

匿名者

男,30岁,籍贯北京,已婚,躁郁症患者

亦凡: 确诊为躁郁症的时候,你有过难以置信的感受吗?这之后有没有研究过躁郁症究竟是个什么东西?我自己研究这个或多或少会有心理暗示和潜意识,你呢?如果我问的这些问题让你很排斥,或者不舒服、有压迫感,你就直接告诉我:"我不想回答。"

匿名者: 2008年初,第一次发现自己有严重的抑郁状态,因为家里有遗传基因(父亲和爷爷都是)。自己在网上查了一些资料,基本可以给自己"确诊"为抑郁症。我并没有对抑郁这事儿难以接受,只是抑郁的状态十分痛苦。

过了很多年，抑郁状态反反复复，直到有一年去医院取药，我和医生说现在不但不抑郁，而且天天十分高兴，脑子反应和语速都很快，感觉一天天地精神抖擞。医生当时提醒我说这应该是躁郁症了，需要换药。当时我没有听过躁郁症这个概念，只觉得自己过得很爽，所以没有在意，直到后来严重的躁狂病发作，我被送到了安定医院就医。之后，我研究过一些躁郁症相关的资料，觉得自己会患病有两方面的因素。

一是遗传基因（父亲在近几年也从抑郁症被诊断为躁郁症）；二是自己的性格相对极端，可能有点儿边缘人格，喜欢在透支自己的过程中"享受"生活。考试和工作任务重的时候从来都不会细水长流，总是熬大夜突击。好多人也这样，但不会生病，也许是我有这个基因，所以这些都可能是trigger（触发点）。

另外，我觉得从小我是一个虚荣心比较强的人，有点小聪明但不喜欢过于努力，却又期待最好的结果，这是一个很拧巴的过程。

亦凡： 所以你那天说国内外有不少把躁郁症误诊为抑

郁症的。诊断错误是一件特别危险的事情，会吃一些不适合的药。不过现在越来越科学了，你知道的，精神病的诊断要检查很多项，心、脑、眼动等等，然后拿着一沓子报告去医生那儿面诊。这个病和其他病是一样的，虽然有一个大数据，但每个人都不一样，所以医生的临床经验也是因人而异的。复诊的时候，我对医生说了你推荐的药，还没来得及把药名说全，医生就和我说："你吃你自己的药，别人吃别人的药，每个人的情况都不一样。"回家的路上我就一直在想医生的这句话，突然觉得滥用药物是比擅自断药更可怕的事情。所以我决定不向任何一个人推荐药物。

你在比较抑郁的时候和我说过一句话："唉，死也死不了。"听你这样说，我特别难过。虽然我害怕糟糕的状态，但内心深处是真的想好好活，不给别人尤其是妈妈添麻烦。所以我回复你："你心里还是想活。"我不知道你是怎样想的。

匿名者：我从很小（具体多小记不清了）就有一个念头，如果可以选择，我选择不来到这个世界上。长大之后看了一些书，得知这可能和幼年过得不太美好有关。我妈休完产假就请了保姆在白天的时候照顾孤单的我，我两岁半开始上幼儿园，三岁多开始上整托。在最需要安全感的时候，我处在一个个陌生的环境里，所以性格里一直有取悦别人来满足自己的特点。这不是什么好事，取悦别人，尤其是取悦不喜欢的人往往会吸收负能量，不会say no（说不）的结果是经常要勉强自己。

抑郁最严重的时候我完全失去了任何想活下去的愿望，如果手边有一个按钮可以一按就无痛或少痛离开的话，我一定会去按。那种状态下，我考虑不到亲人、朋友和其他一切，没有求生欲。但所幸没有这个按钮。我无法想象那些真的选择自杀的人承受了什么级别的痛苦。我觉得能活下去的原因应该是痛苦还没有超越自杀带来的恐惧。

亦凡：以一个偏向客观的角度来看，我感受到了——你渴望得到爱，而且是持久的爱，持久的关注，所以你选择取悦别人，于是另一个痛苦又来了：自尊降低了。

我挺好奇的，你怎么和家人相处？你的家人对你的帮助大吗？

匿名者："一切都是最好的安排。"我一直认为这句话是鸡汤，因为完全感受不到。人生不如意十之八九，最好的安排属于扯淡。可后来应该是在我躁狂的时候有过这种体验，那时候觉得心是光明的，置身于每个角落都能见人，没有人和事会让我不爽，因为我失去了"不爽"的这个功能。但不是全然接纳，而是接纳的过程都模糊了，状态可能接近"无我"或"超我"，反正不是原来的那个我。

这些体验给了我"正常"之后的生活很多指导。就是这些所谓的问题其实是不存在的，都是由自己的心显现的。心的状态好（偏躁狂时），一切没问题（比如有人骂你）；心的状态差（抑郁时），一切都是问题（比如洗个澡）。

至于怎么修这个心，让其处在轻躁狂（不影响周围人又自得其乐）的状态，这条路是淡化自我的过程，一切问题都出在"我"，淡化是有必要的。直到真的有一天我们能发自肺腑地觉得"一切都是最好的安排"，那么你提到的这些问题就都不存在了。——是不是这些听起来也像鸡汤？其实鸡汤都是有感而发的，是每个人都可以"熬"的。另外，在"躁郁症"或"抑郁症"这些医学名词出现之前，我们并非医学上认定的精神病，我们可能只是有点怪，但不用吃药。我不知道吃药是否降低了抑郁人群的自杀率，但药让躁狂起来的人更听话倒是显而易见的。

亦凡： 你所提到的哲学维度，我更偏向于它们是埋在生活的细枝末节里。那些被"熬"烂的——一切都会过去，加油，都会好起来，诸如此类吧。我至少有四五个月都觉得这些话很刺耳，但现在我没这么觉得了，不知道是药物干预的结果，还是我对这些有了共鸣。

我很愿意向我的医生倾诉。我觉得我们都需要找一个出口倾诉。今天早上在路上，想起你刚得知我生病后你说的一句话："终于遇到能理解我的人了。"我哭了。我终于感到了你的孤独。感同身受是特别难做到的。这加深了恐惧感，在别人做起来很轻松的事情，都需要很大的勇气，比如发朋友圈。有时就感觉自己生活在其他星球，你懂吧？

有时候想：真想住院，哪怕是一周。至少那样不会滥用药物或无意识停药。但我又害怕住院。还好，其实我挺乖的。我现在去一家公司上班了，老板特别善良，我们得叫他叔叔。他是真心希望我好起来，我也想借此机会尝试着回归社会，因为我是打心眼儿里希望自己好起来的。但与此同时，我也怕我反复无常的情绪影响他人。

我的内心，有时候会出于自我保护而和其他人保持距离感，也不想让别人看到自己糟糕的样子。结果发现最无法接受自己的人是自己。我有时就很想哭，我们是什么样的人？能不能成为自己想成为的人？——你呢？

匿名者：其实我还挺感谢你的。这次聊天让我第一次有机会整理这些思绪，挺开心的。

我现在有一个相对简单的应对问题的办法，我指一切问题，其实上一段也提到过，就是所有一切负面的东西其实都不是"负面"的，它之所以成为"负"，是因为我们自己的贪，贪"正"的东西。剔除这个"贪"对生活帮助很大，并不是说"负"的东西都转"正"了，而是当"负"的东西到来的时候，你会觉得这个"负"不来自别处而来自自己。一旦我们认为问题出在自己身上，那么解决问题也就容易了。每当"负"出现的时候，都是体验"烦恼即菩提"的好机会。

我们得跳出来,每个人都有自己的机缘,上升至不同的维度去看这个世界,力争稳定在那个点,这个病和其他人生一样,都是某种"幻觉"而已。"此心光明,亦复何言",过程是"梦幻人生,认真看待"。

我觉得我想说的差不多都说完了。

调整好心态，认清人生就是这么多的苦和难

娟生

女，籍贯北京，已婚，金融从业者，丁克家庭

亦凡： 你们目前是丁克家庭，所以我难免去想你和你老公对父母的养老是如何规划的，这是不是让你焦虑的原因之一？

娟生： 其实我们对此并没有仔细具体地规划过。我们都是独生子女，又生活在目前这种社会的压力之下，说实话，我觉得父母的养老指望孩子是绝对不足够的。他的父亲去世了，但我们仍要面对三个老人的养老问题。我们就想多赚钱。

我希望社会上有完善和专业的养老机构。如果真有那一

天，父母的身体不好到需要长久地、持续地、每时每刻地照顾和陪伴，我肯定会尽我最大的能力去照顾他们。但是当时间和精力很难匹配的时候，我会希望能够把他们安排到比较好的养老机构。这样我会更放心一些。

每次一想到这个问题，我就会有些焦虑。特别是我妈妈身体不好已经很多年了，如果不是因为我爸爸身体还不错，能去照顾她，整个家庭的状态就已经崩溃了，所以我无法想象他们两个人如果身体都不行了，我会有多着急和不知所措。

不过你说的丁克家庭，对于父母养老，我觉得这反而是个优点，毕竟我不会上有老下有小，两头都要去照顾。那我们可以为父母花更多的时间和金钱。

亦凡： 和你一样，我也会想到等妈妈岁数大了些，七老八十了，送她去条件很好的养老院，但这肯定要提前和她沟通，看她是否愿意。父母逐渐老去，这个问题只会越来越凸显。可能只有在事情砰地砸在我们身上的时候，我们才会有更深刻的体会。我想到你在婚礼上说："无论我做什么选择，我的老公都会支持我。"作为你的闺密，你做什么选择，我都支持。但我也会想很多。你有没有一种"慈母手中线，游子身上衣"的感觉？你们会面临一个更现实的问题——他们病了，而你们远在异国他乡。这些问题，你都考虑过的吧？

娟生：嗯，必须的。如果不是疫情，他今年4月已经走了。不少人问我们："你们就不担心安全问题吗？不能拖一拖再走吗？"其实症结就在于我们自己的年龄以及父母的年龄，这是明摆着的，我们无法改变的。我们早就不是大学刚毕业的小孩了，所以时间真的很宝贵，耽误不得。越往后拖，就意味着我们自身对未来的计划和安排以及父母身体健康的不确定性，会越来越大，所以必须要抓紧时间。如果在我们走的期间，父母这边有什么问题，我会选择先回家，让他在那边继续完成自己的学业，我先回家处理家里的事情。我能想到的实际方案也就是这样了。

亦凡：如果独自留他在那边上学，经济方面能不能有保障？再者，虽然你心里早已规划了父母的健康和养老的事情，但你仍选择追随老公，而这意味着你要放下收入不错的工作。这是否会造成经济压力？我十分理解你所说的越拖越久可能就办不成了，但这些现实的情况又让人焦虑。

娟生： 现在最大的问题就是收入，这个压力还是非常非常大的。如果父母这边一旦再有什么问题，那确实……不过好在父母都有医保，这让人感觉稍微踏实一点。其实人生无论做什么选择，做什么工作，都会面对不同的压力。轻松的工作可能赚钱少，赚钱多的工作，可能让你累吐血；不工作去上学呢，又会让生活窘迫。没有办法，这就是人生吧，只要你做出选择，就得接受这些得失，接受不了的时候，你可能就会做出下一个选择，直到能接受为止……

我觉得还是要对自己有信心吧，当然信心肯定是来源于你过去的积累和现在以及未来的努力，相信无论怎样，都能扛过去。还有就是调整好心态，认清人生就是有这么多的苦和难，我本来就是个悲观主义者，所以不会对未来抱有过多乐观的幻想，免得现实问题来了以后，接受不了。

亦凡： 我们这一代的父母其实都挺开明的，他们的开心是——只要我的孩子开心，我们就怎么样都行。可能是我太敏感了，一听到这种话，就鼻头泛酸。我们这代人，独生子女都比较自我。任性的人肯定不少，但大多数的人也仍是按部就班地生活，因为这意味着稳定。生病以后，我更加明白父母所说的"稳定"是什么——生活总是看起来差不多，生活又都是未知的。你的工作和经历将你磨炼得很强大。而现在的我，是不会再做出很冒风险的事情了。

娟生：我的父母肯定也无法接受我放弃现在的"稳定"，但就像你说的，生活总是看起来差不多，但都是未知的。别人对于你现在所经历的，是没办法真正做到感同身受的。就像别人不能真的体会你现在生病的痛苦，我的父母也并不是真的了解我是如何看待和度过所谓的"稳定"生活。人，能对自己负责就已经很不容易了，所以，自己选择，自己承担一切未知吧。没有谁能真的帮得了自己，不管是爱人还是父母。还是得靠自己。反之亦然。

亦凡：对，孩子总要独立，而不是一直活在温室里。我努力让别人看到"我挺好的"，但其实只有自己知道有多痛苦——这是成长吧。即使我并不想长大，但我确实长大了。

娟生：其实我也有很多想对你说的话，但是在你生病的状态下，感觉说出来可能并不太合适，我还是希望你慢慢好起来了再和你说。我希望你能坚强起来，认清心底里想要的是什么。其实你是可以很坚强很坚强的，不用伪装什么。不用怀疑自己，不被外界影响。

我支持你住院，只要你觉得能对你的病好一些。我并不懂如何能治好这个病，但就像你说的，其实药物也只是辅助，还是要靠自己。你看病的时候，医生会跟你聊很多吧？

亦凡： 我现在每半个月去医院复查，医生会根据我的近况去调整药物。我信任我现在的医生，一想到要和她见面，我就特别开心，因为她是我的聆听者。有人会说这是精神科医生应该做的，不得不做的。但仔细想想，世界上有谁愿意听一堆堆的痛苦呢？所以我很敬仰医生，不仅仅是精神科的。

娟生： 你要不要下午出来喝咖啡？

天下的父母都一样

祁昱杰

男，57岁，籍贯北京，私企经营者

亦凡： 年龄会让您产生焦虑感吗？我的爸爸很少把负面情绪带进家门，所以我很好奇是不是所有父亲都是这样，尤其是在女儿面前，是不是只想给她看到您最好的一面？

祁昱杰： 咱们一个一个来谈。首先，焦虑感是来自人类共有的现实问题。维持健康，保障生活，照顾家人，这些都会让人焦虑。

我个人的焦虑来自我的性格。我对社交有恐惧感。我记得非常清晰，上大学的时候，我的一个师姐说她最理想的状态就是找到一份不需要社交的工作。参加工作以后,我发现社交让很多人都有压迫感,这导致越来越多的人不想社交。

尽管我对人生的总结要比别人稍稍滞后一些,但从我的生活经验来看,人生是一个不断成熟的过程。所以我会觉得孩子要成长,就要经历一些挫折。

人在不太得意的时候,就会产生无形的压力。我不想把负面情绪带到家里,不想因此而影响家人的生活。但相较把最好的一面展示给女儿,我更想把自己最真实的那一面展现给她。我会和她像好朋友一样相处,聊一些共同话题,她也乐于向我请教工作方面的问题。

亦凡: 您和女儿的相处模式,很像我和我爸爸,我会和他聊人生各个方面的问题。

祁昱杰: 原生家庭对孩子的影响非常大,但我们那一代人的孩子,大多是独生子女。我女儿上学时谈恋爱,我和她讲一些道理:比如第一,谈恋爱可以,但不要影响学习和生活;第二,要做好思想准备,可能会因为各种原因分手。所以其实不仅仅是谈恋爱方面,工作上也是,我会把事情的利害关系都列出来给她看,让她自由选择。而不是说——我是你爸,你得这样,你要那样。

亦凡: 您对女儿最大的盼望是什么?或者说,您希望她成为一个什么样的人?您对她的包容到哪个程度?

祁昱杰: 我只希望她健康快乐就好。这可能和我经历的时代有关,我或多或少会有"视金钱为粪土"的想法。而且,对财富无止境的追求,实际上是把自己的生活空间压缩了。

你有没有发现,越大的城市,就有越多的女性。因为时代变了,女性的思想独立,生活也都挺独立的。如果长时间和父母在同一个空间里生活,难免会互相影响,比如生活习惯不一样,产生小摩擦,等等。所以我老了可能就去养老院了,孩子独自生活。"距离产生美"也适用于家人之间,日常相处的时间少,我们见面时就都会更开心。

亦凡: 生活质量和生命的长度,您会怎样选择呢?

祁昱杰: 我肯定是把生活质量放在第一位。生命的长度，我不太追求。就好比人生病了，他本人和他的家人都会很痛苦。可是我们每个人都要面对最现实的问题——生老病死。在我看来，小康家庭就很好，生活尽可能简单些、舒服些，人也懂得知足，有安全感。不知道你有没有发现，没钱的和特别有钱的，这两极都会很没有安全感。

亦凡： 我闺密结婚那天，我一直在观察她的爸爸，我看到他偷偷地用手背擦眼泪，也看到他的嘴唇一直抿着，忍着不哭出来。我从小就听长辈说女儿和爸爸更亲，所以当女儿出嫁时，爸爸是比妈妈更难受的。父母大多都希望孩子早些成家立业，还能帮孩子照顾他们的孩子。可现实是闺女嫁人了，这对于父母来说是一种深深的不舍，也是一件必须面对的事情。您怎么看待呢？

祁昱杰： 我会因为她找到了好的归宿，而替她感到开心。父母含辛茹苦把女儿养大，然后将她托付给一个与她相爱的男人，我会有满足感。其实我挺支持她谈恋爱的，因为她会开心，当然失恋也不可避免，但恋爱会让人成长。如果是结婚，我觉得门当户对会更好些。

亦凡： 我爸爸病重的时候，我签了两次病危通知书，也在单子上写了拒绝尿管、胃管、PICC（经外周静脉穿刺中心静脉置管）等等，也拒绝进ICU（重症监护室）。因为我不想只从一个小窗口，看到爸爸孤零零地躺在那儿。我也不想从电话里得知爸爸去世的消息。我们就是要一家人在一起，让爸爸感受到我们的陪伴。现在来看，能陪着爸爸走完他的一生，我觉得我们一家三口都挺幸福的。

祁昱杰： 你不觉得吗？很多人把家人送进ICU，其实是为了让自己的愧疚感少一些。可是进ICU有多痛苦，那是我们无法体会到的。说到这里，我突然想起我的一个同事，她的岁数也不小了，她的至亲去世以后，她就是走不出来。我有时就感觉人生像一趟火车，有的人下车比较早，有的人下车比较晚。离别是每天都在发生的，所以要感恩自己的爸爸妈妈。像我现在的年纪，最大的收获就是：你再努力，人再优秀，也会有失败和离别的时候。

亦凡： 我得了躁郁症，您作为长辈是怎么看待的呢？

祁昱杰： 我们算是忘年交吧。虽然我不太了解你的具体情况，但感觉这是不是和生活环境的变化有关？比如你作为家里的独生女，父母对你的照顾一直都很周到，你生活的地方像温室一样舒适。一旦你接触到外部动荡的环境，比如亲人的离去，再加上青春期固有的躁动，是否就导致了情绪波动？只要生理上没有异常，我觉得你会随着对生存环境的适应，逐渐地平静下来。我不觉得这是什么大问题，人生就是由各种起伏、迷茫、冲突、叛逆贯穿的。你总会好起来的。

亦凡： 像我们这些独生子女，终归是要面临父母的养老问题，您作为家长怎么看呢？

祁昱杰： 社会上有不少养老机构，看个人的经济条件，选择住在哪里。等我老了，我可以去住养老院。我之所以会有这样的想法，是因为天下的父母都一样，岁数越大越不想给孩子增添负担。还有就是，孩子开心，父母就开心。

那天天气特别特别好……

匿名者

女，籍贯山东，27岁，未婚，媒体从业者

亦凡：今天我特意安排咱俩在这个咖啡馆见面，因为我一直在这儿写作。虽然我们见面不多，但我一听到你笑，我就开心起来了。当然，我也想多了解你一些。是什么动力推着你绕了一大圈，最后决定在北京工作呢？

匿名者：这个事情还要从我上学开始说了。我不喜欢学习，也不喜欢考试。上课总是爱睡觉，但学起来还挺快的。老师就说："你别睡啦，赶紧努把劲儿学习吧，要不你考不上大学啦。"于是在高考前的一个月，我就冲刺了，没有睡，靠咖啡续命。我爸爸当时说："没事儿，考不考得上，顺其自然吧。大不了直接工作。"谁都没想到我考上一所在四川的二本大学。于是，我就成了半个成都人。

上完大学，回到家乡。我和我爸说："我不想在这里工作，我要去北京或者大理。"我爸说："你先在老家待一年，你刚进社会，我也可以给你一些经验。"

于是，我就在家乡的一个影视公司工作了一年，制作很有意思的少儿真人秀。我很喜欢小孩，所以那段时间过得很开心。但后来公司要转型，所以我就辞职了。我和爸爸说："我出去闯闯，再做一次选择题。"那年的国庆节，我就拎个箱子来了北京。

我在北京有朋友，所以住在哪里很好安顿。目前的这份工作是我来北京的第三份工作，也是我做得最久的一份工作。北京这座城市对我来说是一块跳板，我有自己的人生规划。我的梦想是定居大理，开一家民宿。这也是我刚毕业时就和我爸爸说过的事情。

亦凡：我特别能理解你的爸爸想要保护你的心态，你来北京的决定，是你们共同选择的吗？

匿名者： 其实是我给他的一个选择，因为他是特别溺爱孩子的人，我想要的东西，他都会给我，他也很尊重我。爸爸晚婚晚育，今年都60多岁了，这是他宠我的一个原因，另一个原因是我爸爸那一辈儿都是男孩，所以家里人都特别喜欢女孩，但妈妈家思想比较传统。

我和爸爸有多重关系，父女只是其中一种，我们更多的时间是以朋友的方式相处，包括我会和我爸说上学时的一些小秘密，他会和我探讨许多人生的道理。

亦凡： 你来到北京闯荡顺利吗？

匿名者： 刚到北京的第一份工作，薪水不高，付完房租后，就只剩下一点点钱，那个时候比较拮据，但爸爸给了我一些金钱资助，所以也还好。那段时间算是先适应北京的环境，适应新的生活。后来我换到第二个公司，薪水比较高，但每天早上醒来，一想到工作，我就要抑郁了，所以还是辞职了。现在工作的公司，我非常满意。虽然薪水并没有高许多，但能让我养活自己，而且还有一些结余。最重要的是公司的氛围和同事都是我非常喜欢的，如果没有满足感，那我早就跳槽了。

亦凡： 目前有让你感到焦虑或者没有安全感的事吗？

匿名者： 还真没有想过这个问题。我现在唯一担心的就是自己喜新厌旧特别快，需要不断有新鲜事物出现，要是一眼望到头，我就觉得没意思了。我爸爸有养老金，不太需要我管，但他的身体状况会让我感到焦虑。

亦凡： 以后会和他们一起生活吗？

匿名者： 我很明确地和我爸爸说："我是不会待在家乡的，我肯定要出省。那么你愿意和我一起走吗？"他对我说："这都不是问题，家乡也没什么留恋的。如果你想让我过去，我可以过去，但是我懒得动。"我爸爸是比较随性的人，没有很多条条框框。

亦凡： 在我看来，你的幸福指数挺高的。我就没那么高了，有些事情我没想开，也没放下。但我的终极目标是生活得更好，一是物质方面，二是精神层面，我和妈妈都应该感到幸福地生活。这对于我来说是挑战。你现在是单身还是在恋爱中？亲密关系会让你焦虑吗？

匿名者： 恋爱情况我可以不回答吗？关于感情吧，我也会伤心，可能会觉得有些遗憾。这和我的原生家庭有关，我的爸爸妈妈是自由恋爱结婚的，但还是因为种种不合适分开了。所以现在我会觉得不要在一棵树上吊死了，有一句话说得特别好：每个人都只能陪伴你一段路，不管是伴侣，还是父母。

亦凡： 谁都有不想被碰触的事情。虽然你小我几岁，但其实你更早学会了独立，乐观面对一些事情。我，怎么说呢？爸爸去世以后，我要面对的事情太多了。有些事情我没的选，必须去做，我的妈妈是那种比较柔弱的女人。

匿名者： 主要是我继承了爸爸的性格，我和他三观也比较相近。对于他来说，他承担着家庭的责任，所以我的压力就小多了。现在和爸爸不在一个城市，我就每天和他打电话。这会让他更放心些。我也会把工作上取得的成就和他说。当然也说一些小难题。我爸爸对我有愧疚感，不是一两句能说得清楚的。但我步入社会了，自己也成长了，所以我也会给爸爸安全感——我和我的后妈逐渐和好。

亦凡： 当你走在十字路口时，会不会忽然有一种无力感、孤独感？我感觉很多人都是这样——并不是因为一个大事件，而是一个特别特别小的细节，就崩溃了。像我，会因为小区的银杏树树叶崩溃，因为我特别喜欢和爸爸一起捡树叶……太多的细节了，讲不过来。

（她哭了……）

亦凡： 咱不聊这些了。有些话题确实比较伤人。

匿名者： 没关系，这种情绪是很正常的，如果宣泄不出去，就都憋在心里，会出问题的。

亦凡： 那不就是我吗？

匿名者：你要多哭一哭。

亦凡：有时候哭不出来，又怕让人看到。尤其是在我妈妈的面前，我不想让她为我担心。

匿名者：这会绝对匿名吗？

亦凡：当然。

匿名者：其实我愿意和你聊，因为我们的经历差不多。我的妈妈去世了，这是公司的所有人都不知道的。她是2015年患癌症走的。这也是我2015年毕业，2016年才开始工作的原因，我照顾了妈妈一年。我和妈妈挺好的。直到现在，我在街上看到一对母女走在前面，就会很难受。这也是我无法待在家乡的原因，我生活了那么多年的城市，走过的每一条街上，都有我和妈妈的回忆。

她走那天，我有预感。那天天气特别特别好……

每天孩子睡着以后，就是我治愈自己的时间

匿名者

女，35岁，籍贯浙江，儿女双全，自由插画师

亦凡： 我们第一次见面时你还在上大学，咱俩一起去国贸买化妆品，那时候我们走得挺近的。你决定大学毕业就离开北京，我挺惊讶的，也有点难过——那么多人来北京求学、追梦，而你却走了。过去了这么多年，你后悔当时的选择吗？

匿名者： 我并不后悔当时的选择，毕竟后来发生很多事情我感觉都是机缘，不离开北京，我可能也不会做现在这个职业（影视美术），也许留在北京会有其他的发展，也许在做和我大学读的动画专业相关的工作，但我还是更喜欢目前的工作。至于感情，都是缘分。离开北京的朋友，我还是很

舍不得的，不过我们还是保持着联系，不是吗？

亦凡：科技发展让我们用一个APP就能联系到彼此，虽然见不到面，但心里牵挂着彼此。但我不得不承认很多朋友确实越走越远了，这和地域没有什么关系。我也曾经想过离开北京去异乡生活，但我没有勇气，也不知道如何从温室走出去。在温室待久了，人就容易任性、自我。你怎么看待这件事呢？你有两个孩子，说真的，我想想都头疼，当了妈妈后每天都会有很多事情要做吧？

匿名者：我思考一下。关于孩子。我大学一毕业就结婚生子了，我的很多朋友都很惊讶，我自己也不知道当时怎么想的，可能是因为年轻吧，没多想。现在觉得还是晚一点儿生孩子好，毕竟年龄会让思想和物质比年轻时更丰富，责任感也更强。

自己带两个孩子确实很辛苦，不过我不想做一个仅仅带孩子和做家务的主妇。在照顾家庭的同时接一些商稿，也几乎每天都坚持画画。这几年在家也积累了一些作品，自己的画技也提高了很多，这对我来说是心理上的一种慰藉吧。如果让我只单纯做一个家庭主妇，我可能坚持不了，画画这个爱好应该是我调节内心焦虑的一味良药。

带孩子的过程是耗费精力和体力的，一开始我是手忙脚乱的，尤其家里还有一只拉布拉多犬。其中的辛苦和枯燥只有自己体会最深。每天几乎重复着同样的事情，没有假期，没有时间外出放松，以前的娱乐几乎和我绝缘。我只靠着对画画的沉迷支撑到现在。

每天孩子睡着以后，就是我治愈自己的时间。摊开一张宣纸，洗好毛笔和水盅，摆好颜料……这个过程已经能让我心态恢复很多。画画的时候，我什么杂念也不会去想，完全沉浸其中，达到一个精神放松的状态，一天的劳累几乎全都消失了。我常常画到半夜，但是内心是很满足的，每画完一张都是完成一次自我治愈。

关于温室的问题。一旦走出来，你就会发现其实自己没有想象中那么弱小，你会让自己逐渐地适应环境，也让自己强大起来。我从小城市考学到了北京，应该也是一个走出温室的例子，后来我离开北京去了南方发展，包括再后来又辞掉腾讯的工作投身到了影视行业……我一步一步地离开自己曾经的"温室"，我觉得没什么可以束缚自己，所以主要还是看你愿不愿意迈出去那一步。

亦凡：印象中你和爱人是在工作中相识的。你有着很强的工作能力，也有很多生活经验，但你肯定有回归影视行业的想法吧？

你知道的，我一直没成家，所以我没有什么发言权。但我可以观察，我的原生家庭是爸爸妈妈都有稳定的工作，但妈妈在下班后还要买菜做饭，爸爸就比较忙，有时回家比较晚，我和妈妈都能理解一个有上进心的男人自始至终都在为家庭去打拼的状态。我和爸爸很亲，但我也挺心疼妈妈的。我看到你为家庭付出了很多很多，所以如果孩子再大一些，你会选择重归工作吧？

匿名者：孩子大一些以后我肯定会回归工作的，现在孩子还小，老人帮忙带着，我也不太放心。我爱人现在处于一个奋斗上升期，这行业也是没有周末，所以他平时几乎没有太多时间顾家。不过只要他不忙的时候，他都会在家陪我和孩子们的。平时他也会跟我聊很多工作上遇到的烦心事和一些工作细节，由于我们是同行，所以我经常能出一些主意和想法，包括找一些资料或者帮他画一些琐碎的东西，有时候确确实实能帮到他，他也很乐意发一些工作上的图让我出主意。有时候获得了工作上的肯定，我自己也有一点成就感，不会觉得自己只是在家带孩子的妈妈，我的孩子们也知道妈妈在家也会工作，会经常看我画的画。

我不会把带孩子当成一份工作，孩子还小，为人父母是一种责任，我知道这只是暂时的。在家的这段时间，有时候看着以前的同事或者朋友都在发展自己的事业，很多都做得风生水起。偶尔我也会有焦虑和失落感，时常会想象自己如果还在工作现在应该会到一个什么程度，想着想着就会越来越失落。所以我是做不了全职妈妈的，肯定是要通过工作来提升自己的自信心，找回自己的真正价值。还好，我还有机会回归，尽管职场对于回归的大龄女性其实并不友好。

亦凡： 这些都是很现实的问题，我们每个人都要面对。做自己喜欢的事、可以全力工作，确实能让自己获得成就感。两个孩子的成长也同样会让你有成就感吧？对孩子们的教育，是你们商量，还是由一个人主导？作为两个孩子的妈妈，你从什么时候开始为他们的教育做规划了呢？

匿名者： 孩子的教育其实也没有特别去规划。目前大女儿上小学六年级，面临小学升初中。我们不想给她太多压力，只要她保持现状，能进步更好。她也有自己的爱好，也爱画画，她说愿意以后学习艺术。顺其自然吧，她喜欢画画，我们就让她课余时间学习和练习绘画基础。另一个孩子还不到四岁，我们的态度就是孩子健康快乐就好，等他再大一点，再根据他的爱好和专长去定方向。总之孩子的童年还是快乐最重要。

我和我爱人的原生家庭中的父母关系都不太好，父母经常吵架，对我们的心理影响挺大的，所以我俩也比较注意这一点，希望尽可能多给孩子们爱和关心。我和我爱人交流工作上的问题时我会开心，当然交流平时的琐碎事情也是很开心的。前面说的，仅仅是我在家带孩子对回归工作的一种向往吧。现在我们的两个孩子都上学了，所以白天我的自由时间多了一些，比之前还是轻松很多的，现在起码每周有五个白天可以做自己的事。

亦凡： 在我和你聊之前，我和一个叔叔聊到子女教育的问题，他是六零后，也是说孩子开心，他就开心，所以天下父母都差不多。我也会因为爸爸的离世，思考妈妈的养老问题。要是我结婚了，她岂不是要自己一人生活了？那太孤独了。等妈妈岁数大了，去一家条件很好的养老院？这些问题困扰着我，但我会尊重她的选择。

匿名者：父母养老的问题，我也是时常会想的。有时候也会害怕想太多。我爸妈的身体都不太好，我和他们也不在一个城市，我是独生子女，有时候空闲下来就忍不住去想这个问题。不过他们总是跟我说不用担心他们，养老的钱啊什么的都不要我操心之类的话，但是我心里总是会想如果能在他们身边我可能会安心很多。现在就是经常会去想以后怎么照顾他们，是接过来跟我一起住还是怎样，总之也是一想到就会觉得很困扰的一件事。

亦凡：很多老人会想留在老家，因为一切都习惯了，不想搬家。你知道的，我家住六层，老房子没有电梯，只要妈妈自己买像洗衣液那种比较沉的东西，我就生气："你为什么不让我买？非要自己来？"她的理由是——哎呀，我自己可以。我曾经和妈妈商量过搬家的问题。我妈表态说不想搬家，除非上不了楼了。然后她又问我想不想搬，我说我也不想搬，两个人住一起多好啊。可是现实问题就摆在眼前：他们越来越老，我们更想把父母安顿好。

匿名者： 这问题确实是比较难的，老人大多数不想离开熟悉的环境。换了是我们自己，以后孩子大了去了别的城市，我们换一个新的地方生活，肯定也会觉得有很多不方便、不适应。我们回头聊，我现在要去接儿子放学了。

我们总会找到药

喜月

女,32岁,籍贯北京,独居,广告创意/自由职业

亦凡: 我知道你独居有几年了,家里有许多玩具,还养了一只可爱的猫。关于独居,最让你开心的是什么?什么时候会很想回父母家?

喜月: 独居的开心是可以随时因开心或不开心倒杯小酒,打开窗子吹吹风;可以很晚了还在写稿子,开着灯,戴着耳机弹琴;可以按照我自己的方式建立与邻里的关系;可以有一个自己整理房间的频率;偶尔地邀请朋友来家里的时候,拿出的餐具、准备的水果,全都是自己喜欢的。

总的来说，我是非常需要靠灵感生活的人，但也会考虑比较多，独居可以在任何一种灵感来了的时候，就立刻去做这件事，不用考虑是否影响别人，这是最爽的。

回父母家就是一种习惯，就像游戏中"血格"快消耗完的时候，回到父母家就满血复活——这是一种需要。不过，自己做一些事情，已经不是那么容易被父母理解了，解释起来又很难。所以，不存在受了委屈回家诉苦之类的情况。反而是有什么不开心都在自己的独居之地消化完了再回父母那儿。基本上，我是保持工作量的负荷不会影响心情，整个人的状态比较好的时候回家。

亦凡：所以我可以理解为——和父母或者与其他人的同居都会对你的创作有影响吗？独居也有许多问题吧，比如停水啦，缴煤气费啦，总会有一些生活的琐碎要去处理。这些容易被疏忽的事儿，在你身上发生的频率高吗？虽然你和你的父母都在北京，你会有一种"只报喜"的坚定吗？

喜月：我需要的自由包括两种：一种是工作上，做一些创意类的广告工作，无论是文字还是图片创作都需要一个完整的时间，保持独立，不被任何人和事打扰；另一种就是生活中突然迸发的灵感，这需要的自由度就比较大了，比如切水果的时候可能突然想给水果做个造型，或者做着家务突然想画画、写首歌之类的。如果是和父母按部就班生活，他们很可能会催促你吃饭、必须按时睡觉之类的。

至于其他人，这就要看是不是能够理解并且支持我了。尽管爱你的人都会给予包容，但我还是希望自己不给别人带来不便或麻烦。

独居的琐碎其实也还好解决，我的需求比较简单，无线网络、水和电这些都有就好，父母也会提醒我。有时候我也会和他们聊聊近况，但是会控制在一个度，比较负面的事情都是在处理好之后才说的。年龄越大，我越不会让他们和我一起面对麻烦事了。

亦凡：你是什么时候意识到"父母的离开"是我们不得不接受的事的呢？

喜月：先是两件事比较触动我吧。一是几年前我发小的妈妈因病去世，二是朋友的爸爸坠楼。当我看到自己身边很亲近的人站在父母的病床前，为父母做一些决定的时候，我就有辞职做自己想做的事的想法。我开了一家玩具店，也是在这两件事发生之后我去做的。

现在我做着自由职业，是意识到在体制内看似安稳的工作并没有让我的时间变得稳定，提升的空间也非常少。在经济上我也很难成为家庭的支柱，永远像孩子一样。做自己的事，虽然需要一个忍耐和积累的过程，但最终无论做成什么样子，这都是自己的事情，而且时间也相对自由。

你爸爸生病的时候，你能够一直陪在病床前，也让我看到了自由职业在这件事上的优与劣。优势在于相对自由，劣势就是自己的事业不能停止，按下暂停键之前需要有一定的储蓄和积累。

面对这些事情会让我意识到"父母的离开"是我们不得不接受的事，也因此思虑得比较多，就会有很多想法和决定由此孕育而生。

亦凡：我现在想到爸爸还会哭鼻子。

喜月：前一阵子刚参加了亲人的葬礼。不是有一句话吗，亲人离开的那一刹那不是最难过的，而是之后沉浸于那些生活细节勾起的回忆的时刻。具体文字不记得了，意思大概就是，在某一个午后吹过的一阵风，或是家里的一盆绿植，都会让人想起过去。已故的人留下的那些细节，是最让人悲痛的。

亦凡： 当下有许多独生子女的精神层面有一些问题，如普遍焦虑、容易失眠，等等。生存压力太大，又不知道如何减压，减压的成本又很高，无论是金钱还是时间。

喜月： 我觉得这是个普遍现象。之前一直想写一篇稿子，关于我们这个年代的人要不要孩子的问题。现在年轻人的焦虑，一方面来源于自己，对自己要求比较高，无论是真实的自我要求，还是出于一种攀比；另一方面，很多焦虑来源于亲密者的期待，为了满足爱人的希望而放弃自己想过的生活，不太懂得放过自己。我之前想过，如果我要孩子，我对孩子没有回报的期待。孩子对生活方向的选择，我会尽可能地支持，就是把心养育好，而身体是自由的。

我们与父母这代人之间的鸿沟是巨大的，无论是工作、情感、物质，还是价值观，一切都不同往日了，可以说是翻天覆地。作为独生子女，可能会感到很孤独，很难找到一个避难所，来包容你，给予你力量。外面的世界否定你，然而进入朋友、爱人、家人的房间里，也得不到理解，难以沟通。这样，人都会生病的。如果找不到药，会病得越来越严重。找到药的人，会一点点被治愈。只有真正的爱、聆听与倾诉、理解和包容才是药。而我们总会找到药。

可我就是理想主义

赵大宝

男，未婚，36岁，籍贯吉林，互联网从业者

亦凡：我们的相识得追溯到"人人网"了，我当时觉得你特好玩儿。后来见了面，觉得你的气质里有一种懒懒的感觉。大约是2018年11月，我和你说了我爸爸的事情。

我印象特别深，那天特冷，我刚从医院出来就接到了你的电话，你给我推荐了一种靶向药。我当时很感动，可我连句感谢的话都没说，就告诉你"已经没什么用了"。爸爸去世以后，我就想写点东西，算是情绪发泄，也是一种纪念，更算是一种思考吧——让更多的人关注这些现实问题，尽管我的声音比较微弱。我看到你做了一个"不赖电台"，突然想起你是学西班牙语的，而这些年你都在音乐行业里发展自己。不过，现在挺多人都是这样，工作和专业没什么关联。

赵大宝：其实我也不知道自己算不算还在音乐行业里。理论上，音乐平台是音乐产业的一个环节，但在实际工作中，我感觉它和音乐本身的关系并不那么大，和自己喜欢的音乐就更没什么关系了。不过姑且算是还在音乐行业吧。

我做了四年多的足球彩票，因为我是学西班牙语的，所以做的是西班牙足球联赛和拉美足球联赛。但时间久了，我就觉得没什么意思了。我还是想做跟摇滚乐有关的事情。2012年，我被丁太升（知名乐评人）招到星外星（唱片公司）去，到现在有八年了。

当时也是巧合。丁太升刚巧在豆瓣发了一个帖子，说要在北京招人，我就给他发了一封豆邮，我说虽然我之前没干过，但是我觉得我行。他说那你来聊聊吧。我就去了他家，他给我做了炸酱面还是什么面条之类的，然后我们聊了一下午。他说："大宝可以的，你明天来上班吧。"我当时还挺高兴的，终于可以去唱片公司工作了。第二天我去上班，发现公司就两个人，一个他，一个我。

丁太升刚买了桌子回来就跟我说："今天上班第一天，咱们先把桌子弄好了。"这就算是进入了音乐行业。当时主要是做CasinoDemon（乐队）以及木玛（音乐人）的经纪和企划，因为本来就认识，所以省略了熟悉的过程。整体来说，这是一个学习的过程。因为他们从事音乐都比我久很多。一路走下来，中间也试过不做和音乐相关的事情，但是跟音乐相比，别的事情真的挺没意思的。

亦凡： 你的第一份与音乐相关的工作有点儿像创业啊，俩人一起拼，运营公司。在入音乐这行之前，你从事的工作都比较稳定吗？因为热爱而转行到音乐领域，考虑过收入的问题吗？和创作者谈钱或多或少有些尖锐，但这是一个现实问题——咱得吃饭，才有力气拼啊。你想过你到底要做什么样的工作吗？

赵大宝： 之前的工作都比较稳定吧。毕业后，我先去了一家国企做外贸，没什么特殊的原因，仅仅是因为这家公司是我走进招聘会遇见的第一家，而我只带了一份简历。现在想起来，那会儿真是好就业，当然也是我的运气好。之后去了体育网站做足球栏目，我太喜欢足球了，所以一有机会，我就转行了。那时候虽然挣得不多，但是真的挺开心的。再后来，我跟着编辑去做了足球彩票，也是事业单位。基本上也算是比较稳定的工作，依然挣得不多，但也没什么要花钱的地方。

跟丁太升在唱片公司也挣得不多，花钱的地方无非就是跟朋友喝喝酒、吃个饭。带乐队巡演、去音乐节也不用特意花钱旅游。给车加油都是50块、50块地加。

一直到去了虾米音乐，算是阿里的员工，生活才改善一些。其实现今做音乐行业的年轻人，也没有好多少，因为生活的开销更大了。我考虑过钱的问题，但确实不太会花钱，并且觉得没什么钱也挺帅的。再者我也不讲究消费，喝酒都是燕京、牛栏山，最贵的也就是金六福。总之还是年轻呗，赚得不多，但也够花了。也是因为年轻，所以做点什么事，都有姑娘喜欢，她们也不纠结我的收入，真是对不起了。

关于我到底要做什么样的工作，其实还是要和音乐相关吧。上初中的时候，我买了木玛在摩登天空出的第一张专辑。到2012年，我第一次作为经纪人带木玛参加音乐节，大哥在台上唱歌的时候，我就站在舞台侧边。我就想啊，放在十多年前，真的是不敢想，这不就是我要的生活吗？后来跟木玛去香港演出，我在中环地铁站看见木玛的巨大海报，真的是巨大，几层楼高的那种。我还能奢望什么呢？摇滚乐给我带来了太多直接的快乐。

亦凡：说到摇滚乐，它对我来说是有治愈功能的，因为它会把我带回过去。音乐一直在提醒我：时间，和时间的流动。我看朋友圈，有时你会发一些你和妈妈的生活，感觉这些年来你没什么变化，但你肯定是变了，稳重了，也更成熟了。我不知道阿姨有没有直接或者比较含蓄地和你聊起关于结婚生子的问题。总之就是那一连串的事儿。

赵大宝：关于结婚这个事吧，我跟我妈交流好多年了。我觉得我妈是比较开明的人，尤其年龄大了以后，她也就不怎么操心我的事了。在结婚这件事上，我和妈妈没有矛盾。她的核心点肯定是，结婚有媳妇儿了，我就不是一个人了,有人能照顾我了,出了什么事儿彼此有个照应。我也理解她的这个逻辑,但我觉得指望别人是一件不靠谱的事。我们所处的时代跟我姥姥姥爷那个年代不一样了,对吗?

今年我去云南,跟我一哥们儿坐着聊天,还说呢:"像我们这样的人,到老了,要是有个女朋友或者媳妇儿什么的,万一我们上厕所的时候脑梗了、心梗了、摔倒了,能有个人帮忙打120就行。不要有心理压力,救回来,是您的功劳一件,救不回来,是我们命本如此。"

我跟我妈交流这个事,我的逻辑,她也理解,但是还是希望儿子能有个互相依靠的人吧。至于我爸这边,我之前跟他吵架,到今年差不多有十五年没说过一句话了,他开明不开明都无所谓了。

亦凡:我经常琢磨,我到底要成为什么样的人?和哪个朋友聊,好像最后都回归到另一个问题,我烦哪种人,以及我绝不能成为哪种人。

赵大宝:你这个问题太复杂了,年龄越大越不知道怎么说了。我也没想那么多吧,就是想成为摇滚乐历史中的一分子,跟别人不一样。要说最烦什么人,最烦"过来人"吧,就挂嘴边儿:"老了你就知道了,你做的这些事没什么意义,还是赚钱重要,不要太理想主义。"可我就是理想主义。

无论如何，我们要为了孩子拼一把

倩倩

女，28岁，籍贯山东，育有一女，媒体从业者

亦凡： 我知道你是九零后，但真没想到你有孩子了，我得知的时候下巴都要掉下来了。你长得太像大学毕业一两年的女孩了，性格还特别开朗。我特别想知道你这么年轻，怎么就决定结婚生子了？

倩倩： 给你讲一个我们恋爱期间的一个细节：他只要一有空，就会接我下班。我爱吃烤馍片，他每次都给我带着。2015年的一个冬天，天很冷，还下雪，我老公给我买了烤馍片和热饮，他是把它们揣在怀里带过来的，说是怕放在包里凉了，就不太好吃了，放怀里能保温。他从衣服里拿出的那一刻，我就想"就是他了"。有些事情没有花多少钱，可是很多的小细节能看出来这个人爱不爱你，可不可靠。我的老家有一种比较传统的思想，就是家家户户都希望孩子早日成家。所以我父母从没反对过我早婚，而且还很支持。最重要的是，我的父母也都很喜欢他，双方父母都挺想让我们早点结婚的。我们从相识到结婚刚好是两年，这是结婚最合适的时候。至于要孩子这件事，一是因为我们都很喜欢小孩子；二是可能在我的心里，有一个爱情结晶才是一个更完整的家庭。于是，我们就有了可爱的女儿。

亦凡： 你老公也和你一样在北京工作吗？我听你说女儿在老家，是不是每天都要和她打视频电话聊天儿？

倩倩： 我们俩都在北京工作，每天都会一起和女儿打视频电话。可即便每天打无数个电话，也难以化解我对她的思念之苦。所以哪怕只有两天的假期，我也要回去看她，我实在太想她了。今年因为疫情，比较特殊，没有经常回去。

我觉得有句话说得很好——他乡容纳不了灵魂，故乡安放不下肉身。我们都在争取创造条件把孩子接过来带在身边，给她一个更好的教育平台。孩子异地求学和回家高考是一件让我们焦虑的事情。现在我考虑的是让她先在老家上学，但也有些担心长辈在教育方面不够先进，以及隔代人会太溺爱。总之有各种忧心的事情。

记得她两岁的时候，有一次自己摔倒了，小脸蛋摔破了，腿也摔破了。我知道后就很着急。那天刚好是周五，没有买到车票，就找了一辆私家车搭车回去。回去路上，我的心一直惴惴不安，坐了12个小时的车，到家后看到她只是皮外伤，我才放下心来。

我女儿说得最多的话就是："妈妈，我不喝奶粉了，我不要玩具了，我不要新衣服了，我只要妈妈陪身边。"

每当我听到她说这些话的时候，我就更想让她待在身边。可现实确实有诸多的问题要慢慢去解决。每次她收到我快递给她的新衣服和好吃的时，总要跑去跟别人说："这是我妈妈买的，妈妈马上就要回家来看我了。"听到她这么说，我的心里好难受。那种难受是说不出来的，又无人诉说。

亦凡： 听家里人说我小时候只能让妈妈抱。我睡醒后，妈妈要是不在身边，我就哭，哭得上气不接下气。家里人也说不清楚我怎么了，给我妈妈吓得呀，以为我哪里不舒服。后来我大些了，爸爸妈妈要上班，我就住爷爷奶奶家。隔辈亲，这个真没有办法。虽然我和你的生活不一样，但一些现实问题都摆在我们眼前。左手是逃避，右手是面对，时不常地就要做选择题，就很烦。但家人是我们的动力，这种力量是巨大的。

倩倩：孩子就是我们的动力。没有孩子的时候，我和我老公都是月光族。有了孩子之后，一切都是为了孩子，为了给她更好的生活，我们要更努力地工作。之前有一些小活儿找上门，不怎么赚钱的，或我们不太看得上的，就选择不做了。但现在就不一样了，只要有活儿，我们都做。

女儿大了，马上要上学，花钱的地方也开始多起来了。现在一家人都在努力，起码让她以后的人生有多种选择。爷爷奶奶很宠她，她有时候要一个东西，只要哭一声，爷爷奶奶就赶紧去买。我和老人说对孩子不要溺爱、不要溺爱。他们都答应得好好的，但看到孩子哭，就舍不得了。就像你说的，隔代亲，没办法。但这真的是一件愁人的事情。

我现在特别发愁，孩子的教育怎么办？三岁了，孩子的教育该抓起来了。现在能想到的，必须要去做的事情：争取先在外地买房子，能让孩子上小学的时候和我们在一起。哪怕是在天津也好，起码每周都能回去看看她。无论怎样，我们要为了孩子拼一把。

亦凡： 我一直都很迷恋一种状态——为了一个目标，竭尽全力。你和你老公更努力地工作，在我看来，就是你们的生活有奔头，孩子就是你们的奔头。

倩倩： 有了孩子，生活的重心就变了，真的是这样。我们所做的，全都是为孩子着想。尽管现在和孩子异地分居，但是我们的心是联结在一起的，再苦再累也是值得的。

亦凡： 不开心的时候，你是如何宣泄这些负面情绪的？

倩倩： 我的选择就是大吃一顿。吃饱喝足了，然后我会和娘家打视频电话，我是那种上一秒还在哭，下一秒就能笑着视频的人，视频完，我就什么事也没有了。我还特别喜欢听妈妈给我讲家里的一些琐碎事情，比如家里的小麦收啦，比如哪个哥或者姐回家啦，比如家里买了新家具好不好用啦，等等。别人认为可有可无的事情，我妈妈都会和我说一说，我们都很珍惜这种时光。

我和我老公的老家不在同一个地方，所以看孩子和看望我的父母，往往只能选择去一个地方。回娘家的时候，妈妈每次都说："那么远，不要经常来，太折腾。"可是回家就是很开心呀！每次回家，妈妈都会单独给我做好吃的，我们一起遛弯、逛街，她还让我跟她一起去跳广场舞。一家人一起吃饭，说说家长里短的，是我最开心的时候。当然，见到女儿也是最开心的时候。她会和我分享她喜欢吃的零食、最近在玩的玩具。我女儿特别会照顾别人的情绪：她亲了爸爸后，一定也要亲亲我；让她爸爸抱了以后，一定也让我抱抱。去年有一次，我俩一起回老家看孩子，晚上才到家，她已经睡着了。第二天她醒了，看到我们在身边，就趴在我们身上各亲一口，虽然她一句话都没有说，也没有喊爸爸妈妈，但我能感受到她很开心。

艺术家是一台用身心面对各种现实问题的处理器

李洋化梦[1]

男，43岁，育有一子，当代艺术家

亦凡： 就我们所知，一些艺术家患有精神层面的问题，比如抑郁症、躁郁症、社交恐惧症等等。像拜伦，他有一种讲法，大概是说："艺术家都是疯子，有时很亢奋，有时很抑郁，但无论处于哪个时期，都是疯狂的。"您作为一位艺术家，如何看待创作和精神问题？

李洋： 你提到的艺术家有种种的精神问题，从我们世俗的意义上讲，这是一种苦命。就是命苦。

因为艺术家是一台用自己的身心面对各种现实问题的处

---

[1] 正文中简称"李洋"。

理器。如果将人类作为一个整体来看,疯狂的基因和所谓正常的基因,共同构成了人类的一个总的、大的精神系统。

在人类进化的过程中,不可避免地会遭遇战争、创伤、遗憾和生老病死。这些构成了我们的创伤记忆,科学家和医学家就从理性的、科学的、医疗的角度去救治这些伤痛。

人之为人,重要的一点是我们可以表达它。社会也需要有一些人挺身而出,被动或主动地充当这些感受的承载者,其中就有艺术家,他们是这些问题的记录者和表达者。而表达的过程是认识和了解这些问题的过程,有些像揭伤口的过程。如果我们用美好的鲜花将伤口覆盖,不揭开的话,伤口溃烂成什么样子,我们都是不知道的,但它可能早已对机体产生更大的伤害。

所以,治疗伤痛的第一步就是面对它,再清洁它,但揭开的过程就是血淋淋的。我们看到很多艺术家在作品里表达了这些所谓的疯狂或阴影的部分。他们在揭示伤痛直至将它给人们看的阶段,种种感受,你说它是纯生理的过程吗?它又包含了很多情感因素。你说它是纯情感的吗?我们又可以从大脑,从身体的各种激素找到它的依据。

艺术家的命运刚好使他成为这个角色。虽然很多艺术家是牺牲自我的人，但当他将创造的文艺作品表达出来时，这个过程就已经治愈了很多人。

亦凡：我对艺术的理解是它一直在表达现实的问题。

李洋：是的，艺术家是属于要留意路上的风景的人，这段旅途就是在表达一些人顾不得，或者出于种种"禁忌"不愿意碰的现实问题。

我们可以这样想，一座城市的建设，它盖起来以后非常光鲜美丽，但是中间产生了很多垃圾和建筑废料，如果没有人管，它们就会堆积，所以我们说环卫工人是非常了不起的，我们应该尊重他们。他们帮我们去处理这些我们不愿意碰的东西，再把它们变废为宝，将里面最有价值的部分还给大自然或者再利用。同样的道理，艺术家中也有这样的例子。蒙克，你肯定知道他的画，它为什么这么有名呢？因为蒙克用绘画的艺术形式帮我们呐喊出了一部分的痛苦和纠结。

亦凡：知道这幅画的人非常多。我的直观感受是很想大喊甚至大哭出来，然后我就没那么痛苦了。

李洋：这种艺术的存在，看似没有直接的作用，甚至他的作品都没有在艺术家生前带给他很多的名与利。就像科学里的纯理论研究，比如古生物学，它是无法即刻转化成现实的生产力的。

但蒙克画了以后，它的价值就产生了。这一类的艺术家就充当了那种角色，他在用他的绘画、文字、诗歌、声音等等，去探索人类精神世界的各种各样的可能性。当这些东西被创作以后，它们就是人类精神的一个个样本。就像我们通过植物和动物的标本更好地认识自然界，我们也会通过这些艺术作品找到一种共鸣，甚至被它们治愈。

我的内心很痛苦，但我无处表达，也没有任何人能看到我的痛苦。当一个艺术家这样画了以后，发现原来我的这份感受不仅仅属于我自己，而是属于全人类的。我们不仅仅通过悲伤，也会通过快乐和欢欣作为彼此的连接。所以，蒙克是在反映一战之后整个欧洲的悲伤。所谓的忘记就意味着背叛，可能很多人不愿意再看到这一切，偏偏有些讨人厌的艺术家非要把它画出来。为什么呢？蒙克的家境、精神病的基因遗传、他的境遇，一切一切的创伤带给他巨大的影响，他是生命的勇者，用艺术来承担他的命运。他就是命运的见证者和表达者。

有一些艺术家也承受了很大的痛苦，他的创作不仅仅在宣泄自己的痛苦，也承担了许多。就像一个殉道者，用绘画和其他艺术形式去分析和记录这一切，也给后人一种提醒：我们的祖辈曾经遭遇过这样的苦难，现在我们该如何面对与理解它们。

无论怎样，至少世界上有人在做这样的事情。想象一下，如果没有人做这样的事，我们很多的负面情绪积攒在心里，会变成更大的愤怒、更强烈的冲突。但从整体去看，人类是往好的方向走的，这和艺术的发展是同向的。

亦凡： 坦诚地说，爸爸病了，去世了，我得了躁郁症，才有了这本书。我的内心特别矛盾，既不想被人当作病人，又希望别人知道我是病人。我一直没琢磨明白。

李洋： 艺术家是要思考这个事情。所谓的表里、内在与外在，有多少要收进自己的身体，又有多少要展现出来，它是有结构的。就像你的医生，你断药了，就要给你重新配药。真的就是"真亦假时假亦真"，真真假假的东西就熔铸到一起了。很难说清一个艺术家说的某句话、他的某种表现，是他的表演还是他的内心。我虚构一些内容，那是我的创作需求。但你会发现，有些艺术家和他的作品是"为敌"的。也有一些艺术家，为了创作一个特别了不起的作品，他是提前消耗自己的生命的。

这些人把艺术置于生活之上，他认为他的存在不如他的作品重要。这是艺术家的一种经典的对待艺术的态度——燃烧自己，铸就作品。就画家来说，确实要运用情感力，情感里面就是悲欢离合。导演、编剧，是不是也要运用这些呢？社会上，有一些职业是一定要和人的悲欢离合结合的。可是，你说商业老板，难道不运用情感吗？只是运用的方式不一样。他可能在一次商业谈判、一个酒会中，非常巧妙地让他的情商和处理人际关系的能力和悲欢离合产生连接。带兵打仗要激励人心，也会运用到情感力。只是艺术领域之外的人不说，但是一直在使用它。

情感力用得多了，就面临两个问题：一是我们在面对的过程中，获得掌控和治愈，至少我们敢于面对；二是过分地使用情感也会使这一类人情感泛滥，就像有人说："这个事你不能老想，越想越来事。"

所以这又是一个艺术家的选择问题了。有些大师特别懂得收放自如，所谓的天才与疯子，他就是能行走在钢丝上，而让自己取得平衡，不掉下来。我要让这个东西为我所用，同时又不被它们吞噬。

亦凡：您刚刚提到创新的艺术家要有批判的精神，包括要有对现实的不满足。但现在的很多人对生活都有许多的不满足，这也是大多数人会有精神层面问题的原因。大家好像过得都不太开心，但又都能找到自洽的方式，尽管这个过程比较漫长，要不断地去尝试，很容易疲倦。有一些人面对现实问题，也不知道该怎么回应，甚至从来没想过。当然，也有一些人很迅速地给出回应，而且内容特别多。这个时候我就感觉这个现实问题已经在这个人身体里驻扎很久了。

我总结来看，一是大家都非常渴望倾诉，二是最根本的问题就是大部分的人没有满足感。很多人，包括我自己，是比较"贪"的。当然这个"贪"，不是一个负面词语，仅仅是一个描述性词语，不仅仅是物质上的，包括对情感的"贪"，甚至包括我对躁郁症这个病的"贪"，包括您刚刚说的驯服一匹野马。

李洋： 听完你说的这一段话，我忽然觉得咱俩挺像的。我很坦诚地承认，满足还是不满足，贪与不贪的问题，也一直缠绕着我。然后我就想，有几个人做到了完全不贪心，或者说能克服或解决它，再或者，就没有贪心的问题？在我看来，这不是一个靠劝善就能解决的问题。

我从几个角度去看待这个"贪"的问题。首先人有不满足，有贪心，恰恰也是一个证明他有内在生命的某种动力存在。人在追求无论是身体还是心灵的过程中，要获得一个圆满的、持续不断的推动力，那股本能的力量推着他。

再者，普遍的不满足可能是一个时代特征。人在一个大的时代洪流中，也需要担当自我。能不能先把自己担当起来，这可能要用到超强的意志力、勇敢的取舍，智慧也非常重要。

人要设计出一个特别严丝合缝的体系，把生命的各个部分嵌合在一起，将这个机器很好地运转后，尽可能地解决"不满足"的问题。对我自己而言，我需要有很多个部分：在学校的教学、画梦、跟朋友在一起、我的情感、家庭和孩子、我和父母的关系，甚至包括做家务这些琐事，这些是一些互相嵌合的东西。我在这些方面，都还是一个初学者。

亦凡： 刚刚我们聊到的都和生命有关，您也多次提到了艺术治愈，如何治愈呢？

李洋： 我先举一个例子，弗洛伊德有好几个弟子，其中有一个叫荣格的弟子最受他宠爱，那种宠爱就是弗洛伊德想把自己的衣钵传给他。但在研究学术的过程中，荣格发现了弗洛伊德的理论里有一些他无法接受的部分，他面临的选择是：要么放弃自己的理论，老老实实地做学术继承人；要么就离开弗洛伊德，走自己的路。荣格选择了离开，但这是一个十分痛苦的决裂。

决裂以后，荣格整个人都陷入了很抑郁的状态。而且那个时候，二战也快开始了，很多的幻象和梦把他推入了崩溃的边缘，他的解决办法是写作和绘画，一共花了十六年，然后他被治愈了。但代价很大，十六年。

他好了以后，就把这十六年的作品做成了一本书，里面记录了他所有的艰难的心路历程，各种痛苦、各种折磨，以及各种对死亡的探讨。他的后半辈子，将这十六年的记录转化为了理论基础，又用这套理论治愈了好多人。像我们特别熟悉的作家黑塞、导演费里尼都是荣格的追随者。他这些年的经历，实际是深陷泥潭，有无数的疯狂、死亡的意象围绕着他。他稳定自己的心神的方法就是写作和绘画。我恰恰觉得各种艺术形式都是人类"有生就有死"这种命运里的一根稳定心神的支柱。掌握这种工具的人是幸运的。这种疯癫，在我看来是很多人对艺术家的"刻板印象"。——难道别的领域里，就没有疯癫的人吗？

亦凡：我和您的初相识，是在网上看到您的作品，都是梦境。我觉得画梦是一件非常浪漫的事情，然后我会想这些梦境是不是也在给大家创造了一个梦，与此同时，许多人因为看到了这些梦境而得到治愈。您在我的心目中是一个社会地位高的人，国家越来越重视教育，您教书育人，大家都很尊敬老师。在您的工作之外，您做了您想做的，也非常享受的事情。现在的人是完全能理解的，甚至这是他们渴望的生活。不好意思啊，我有点儿激动。

李洋：我也有点儿激动。我的生活确实是这样一个结构。但是具体到每一天，小的细节，里面的复杂性就多了。

首先，我们所在的艺术领域和艺术教育的领域，整体的气质放在大社会里，会把艺术和浪漫和柔软关联在一起。但在艺术的内部，男性气质比较强，充满野心和进取心。一些女性艺术家也会追求强悍的力量。因为艺术很好、很美，但也要有铠甲保护自己，而且今天的艺术很多也不一定追求美了。

我用了很多精力，去想怎么保护自己。我不能把柔软暴露在空气中，不然就很容易受挫。所以我画的梦里，是混合了阳刚气质的。梦不完全是阴柔的、浪漫的、痴人说梦的。事实上，梦里要有阳刚气，才能维持这件事。从这个角度来说，画梦具有阴中有阳、阳中有阴的复杂性。同样的道理，你问的第一个问题，一个艺术家"社恐"，比如卡夫卡，看上去很柔弱的一个人，他能把小说写出来，那必须有强悍的气质，他要有一种意志力支撑。他写的都是小人物、弱者，但他的作品其实是提供了一个保护柔弱的强悍的外壳。

亦凡： 前段时间您和我说，有时候您会答应某个人今天见面，但会突然不想见人，心里有一种愧疚感："哎呀，还是见一下吧，就不改时间了。"这是焦虑和社恐吗？

李洋： 对，我社恐挺厉害的。通常说艺术家很内向，要沉浸在自己的小世界里，外面的一切会打扰他。一想到要和朋友见面，就很兴奋，能量充沛，很想分享自己最近的作品。可是等到那个时间来了，我的能量恰好快用光了，就想把自己封闭起来。这其实是一个自我能量起伏，和外在和他人的协调的关系。

我过去常常因为这种事情"翻船"，苦恼。一方面，我觉得自己特别低能量，不想让人看到自己低落的样子；另一方面，我生活在体制内，要适应环境的安排，不管自己的状态好不好，必须要去承担一些事。所以很多时候能量是超负荷使用的。想做自己的事情时，能量不足了。所以你看我的书，你会发现一个问题，我的画呈现一种风格上的跳跃。因为我是常年能量很波动的人，我一直画梦，画梦反而成为我的稳定剂。如果没有这种稳定剂，我会非常不稳定。

唯美 原始 天然 无潮流
星空森林 出品
sf-book.com

阅读,改变人生。
文学,照亮未来。
安徽文艺出版社
http://www.awpub.com

作者 亦凡
个人公众号

当音乐停止的那一刻,我感到自己既年轻又疲惫。
—— 星空森林

星空森林 出品

策划监制 孙广宇
责任编辑 张妍妍　柯谐
封面插画及设计 古凡
版面及装帧设计 Tinkle & Lowfish
微信公众号 星空森林books
官方网站 sf-book.com

封面插画 © 2004-2022 古凡,版权所有,违者必究
© 2022 Star-Forest Books | sf-book.com